토란국 대신 만둣국

소중한 맛에 대한
산문집

KB196116

이범준 지음

책∭

CONTENTS

Chapter 3.

사랑하는
이들의 음식

프롤로그

지난여름, 가족과 오랫동안 멀리 떨어져 지낸 시간이 있었다. 평일 저녁 퇴근 후 지친 몸으로 식사를 챙기고 주말이면 가족을 위해 매 끼니를 준비하는 것이 고되게 느껴지기도 했다. 그런데 막상 수고할 필요가 없어지니 가족이 나를 챙겨 먹이고 있었음을 깨달았다. 다시 남편과 아이가 돌아와 밥 짓는 소리와 국 끓이는 냄새가 집에서 피어나기 시작하니 굳어 있던 심장이 말랑해지면서 비로소 일상이 제자리로 돌아온 기분이 들었다.

내 삶의 중심에는 언제나 음식이 있다. 나는 평생 길치 소리를 듣는 사람이지만 한번 봐둔 음식점 위치는 기가 막히게 찾아낸다. 누군가에게 길을 알려줘야 할 때도 인근 식당을 기준으로 설명할 정도다. 아무리 허기가 져도 절대로 아무거나 먹지 않는다. 이런 내게 나이가 들면서 더욱 절실하고 소중하게 느껴지는 존재가 있다면 '가족'과 '친구' 그리고 '음식'이다. 가족과 친구는 말하거나 표현하지 않아도 나의 마음을 알아채고, 공감과 지지로 마음의 빈자리를 채운다. 음식은 하루 세 번 말없이 세파에 찌든 나를 위로하고 정화해준다. 어떤 행위를 마치 의식을 치르듯이 하면 그 행위가 놀랍도록 특별한 힘을 발휘한다. 나는 삼시 세끼라는 의식을 통해 다시 세상 밖으로 나아갈 수 있는 힘을 충전한다. 모두 내 삶에 없어서는 안 될 든든한 버팀목이다.

행복은 마음의 산물이다. 행복을 연구하는 학자들은 행복이 기쁨의 강도가 아니라 빈도의 문제라고 말한다. 또한 인간이 하루 동안 즐거움을 느끼는 행위는 먹을 때와 대화할 때뿐이라는 주장도 있다. 그렇다면 나는 음식만큼 삶을 행복하게 해주는 방법은 없다고 생각한다. 좋은 음식은 인생을 바꾼다. 매일 삼시 세끼를, 아니 하루 한 끼라도 좋아하는 이와 함께 음식을 먹는 장면으로 채울 수 있다면 그만큼 행복해지는 일은 없을 것이다. 고도로 발달한 문명사회에서도 여전히 가장 즐거움을 주는 대상은 음식과 사람이다.

나는 취향이 분명한 사람을 좋아한다. 취향이 바로 서지 못하면 평생 남의 선택에 휘둘리게 된다. 먹는 거, 입는 거, 자는데 필요한 거를 깐깐히 고르고 왜 그 선택을 했는지 분명하게 말할 수 있는 사람은 자신을 아끼며 사는 사람이다. 자신을 소중히 여기는 사람은 타인에게도 다정하다. 경험상 그렇다. 자신만의 확고한 취향을 만드는 데는 시간이 필요하다. 누군가는 여섯 살 이전에 모차르트 같은 위대한 음악가는 될 수 있어도 마흔 살이 되기 전에 미식가가 될 수 없다고 단언했다. 맛을 온전히 느끼기 위해서는 그것을 둘러싸고 있는 문화와 정서에 대한 이해가 있어야 하고, 그것을 온전히 체화하는 데는 그만큼의 세월이 소요되기 때문이다.

어느새 나도 야심 찬 일을 시작하기엔 벅차고, 시간을 덧없이 흘려보내기엔 아까운 나이가 되었다. 고난이 인간을 완전히 나락으로 떨어뜨리지 못한다는 것도, 아무리 마음이 힘들어도 언젠가는 그 고통의 시간이 지나간다는 것도, 그 후엔 반드시 더 좋은 기회가 다가온다는 것도 깨달을 만큼 철이 들었다. 아마도 지금이 내가 기억하는 음식 이야기를 정리하기 좋은 때가 아닌가 한다.

소설가 김훈은 "모든 시간 속에서 맛은 그리움으로 변해서 사람들의 뼈와 살과 정서의 깊은 곳에서 태아처럼 잠들어 있다"

라고 했다. 나는 이 책을 통해 내 뼈와 살과 정서 깊은 곳에 잠들어 있는 그리운 맛에 대해 이야기하고 싶다.

돌아보면 음식은 나를 다른 무언가와 연결해주는 다리다. 그러므로 이 글은 중년이 된 내가 지난 시절의 나에게 건네는 이야기다. 손에 잡히지 않아도 내 안 어딘가에 있는 그 기억들이 음식과 함께 자연스럽게 떠오른다. 이 글을 읽는 여러분에게 나의 행복했던, 때론 그렇지 않았던 시절 음식의 추억이 온전히 전해지길 바란다. 그리고 그를 통해 여러분도 그런 추억들을 하나씩 꺼내어보는 시간을 갖기를 소망한다.

우리는 주어지는 모든 것을 경험하고 알아보고 그 결과를 자신의 상황에 맞추어 택하고 조정해가면서 조금 더 주체적인 삶을 살 수 있다. 또한 내가 흥미를 가진 대상을 제대로 공부함으로써 그 결과를 다양한 대상에 응용해 세상을 좀 더 깊이 있고 흥미롭게 바라볼 수도 있다. 나는 사람들이 이러한 의미로 음식을 온전히 음미하고 즐기기를 바란다. 나아가 매일 경험하는 음식과 요리하는 과정, 함께 먹는 이들을 통해 아름다운 유대를, 그리고 내가 살고 있는 현재가 실재함을 만끽하길 기도한다.

Chapter 1.

어머니들의 음식

특별한 인생을 꿈꿨을지 모르나 평범한 일상을 인내했고,
가족을 위한 정성스러운 상차림을 위해 고군분투한
우리 어머니들의 음식 이야기.

꽃 피는 봄이 오면

돌나물김치

봄기운이 완연해지면 겨우내 밥상을 든든히 지켜줬던 김장김치가 남아 있어도 입맛 돋우는 봄김치 생각이 간절해진다. 봄김치 하면 떠오르는 할머니의 돌나물물김치. 40여 년이 지났지만 여전히 그 돌나물물김치의 맛과 향기가 입안을 맴돈다. 하루하루 성스럽게 식구들을 위한 밥상에 온 마음을 다하셨던 할머니가 마음 깊이 그리워지는 계절이 돌아왔다.

3월 중순의 햇살이 눈부시게 빛나던 어느 날이었다. 따스한 봄볕이 마당을 가득 비추고 향긋한 꽃 내음이 코끝을 맴돌았다. 당시 조부모님 댁에는 정갈하게 가꾼 넓은 정원이 있었다.

곱게 펼쳐진 초록 잔디 사이로 할아버지가 아끼시는 모양 좋은 적송과 배롱나무, 단풍나무, 감나무 등 다양한 아름드리나무가 심어져 있었다. 그 밑으로는 진달래와 철쭉 같은 꽃나무가 봄을 알리며 알록달록한 빛깔을 뽐냈다. 그 아래 정원석 사이사이에 초록의 싱그러운 이파리가 빼꼼히 머리를 내밀고 있었는데, 이 날 할머니는 내게 작은 소쿠리를 주시면서 그것들을 따 오라고 하셨다. 그 풀의 이름은 돈나물로, 할머니는 며칠 지나 비라도 내리면 웃자라 억세져서 먹을 수 없다고 하셨다.

할머니가 '돈나물'이라고 하셨던 그 나물이 실은 '돌나물'이라는 사실을 알게 된 것은 그로부터 몇십 년이 지나 성인이 된 후였다. 이 나물은 돌이나 바위 틈새에 뿌리를 내려 자라는 기특한 식물로 돌 틈에서 자란다고 해서 돌나물이라는 이름이 붙었다.

돌나물은 위로 크지 않고 옆으로 뻗어가며 자란다. 마치 누워서 하늘을 구경하는 것 같다고 해서 한자로는 '와경천초(臥景天草)'라고도 부른다. 생명력이 강해서 여름이 오기 전까지 여러 번 새순을 잘라 나물로 먹을 수 있고, 더운 여름내 잠을 자다가 선선한 가을이 되면 다시 새순이 올라오기 시작한다. 따라서 이른 봄과 가을에 연한 잎과 줄기를 먹을 수 있다. 쌉싸름한 맛이 나는 초록의 어린순은 초고추장에 무쳐 먹기도 하고 식감이 아삭해 샐러드로도 좋다. 그늘에서 자란 돌나물의 잎은 좀 더 크고 연하며, 향과 쓴맛이 거슬리지 않아 이른 봄에 물김치로 먹으면 입맛을 돋우는 데 제격이다. 할머니는 내가 따 온 여린 돌나물 순으로 물김치를 담그셨다.

할머니가 음식을 만드시는 과정을 반추해보면 수고를 즐긴다는 표현밖에는 할 수가 없다. 발가벗고 30리를 뛴다는 수원 깍쟁이에, 깐깐하고 기가 세다는 달성 서씨라 그런지 재봉질부터 빨래, 청소, 음식까지 빈틈없이 완벽한 살림의 여왕이었다. 그 어떤 것도 허투루 하는 법이 없으셨다. 할머니가 손대면 다시 살펴볼 필요가 없는 완성형 그 자체다. "일상이 성사(聖事)다"라는 글귀를 좋아하는데, 가족에게 먹일 음식을 하면서 한순간도 소홀하지 않으셨던 할머니의 일상은 그야말로 성사와 같았다.

이날 할머니가 김치를 담그시던 모습은 유난히 기억에 선명하다. 먼저 파릇하고 여린 돌나물을 흐르는 물에 깨끗이 씻고, 왕소금으로 박박 문질러 씻은 오이를 나박나박 썬다. 탱탱한 초록 쪽파와 빨간빛이 고운 홍고추도 어슷하게 썰어둔다. 할머니가 쓰시던 칼은 요즘 것과는 사뭇 달라서 칼끝이 버섯코처럼 뾰족했다. 이런 모양의 칼은 한국 전통 식칼로 궁궐에서 쓰였다 해서 '궁칼', 다르게는 '코배기 칼' 또는 '코쟁이 칼'이라고 부르기도 한다. 위로 치솟은 칼의 뾰족한 부분으로 할머니는 김칫독에서 김치 포기를, 곰탕 들통에서 고깃덩어리를 능숙하게 들어 올리셨다. 칼의 손잡이 끝으로는 필요하면 그때그때 마늘을 찧어 쓰셨다. 할머니는 칼날을 숫돌에 갈아 바짝 세워 솜씨 좋게 칼질을 하셨는데, 칼이 잘 들어야 오히려 손을 베이지 않는다고 하셨다.

다음은 돌나물물김치 담그기에서 가장 중요한 찹쌀 풀 쑤기다. 할머니는 항상 김치에는 찹쌀 풀을 고수하셨는데, 밀가루 풀은 김치의 뒷맛을 텁텁하게 만든다고 하셨다. 할머니는 풀 쑤기를 아무에게도 맡기지 않으셨다. 천천히 주걱으로 저으며 들여다보다가 눈으로 적당한 농도를 알아채야 하는데, 그 적절한 시점을 오직 당신 외에는 아무도 알 것 같지 않았던 모양이다.

알맞게 쑨 찹쌀 풀에 간 양파, 다진 마늘, 약간의 생강, 천일염과 생수를 넣고 김칫국을 만든다. 할머니는 항상 찹쌀 풀을 베 보자기에 넣어 짜내셨는데, 이렇게 해야 국물이 깔끔하다고 하셨다.

그런데 할머니가 이 김칫국에 단맛을 내기 위해 넣으시던 비법 재료가 도무지 기억나질 않는다. 할머니는 김치에 절대로 설탕을 넣지 않으셨다. 오래 두고 먹으면 물러지고 들척지근한 맛이 나기 때문이다. 할머니는 들척지근한 맛을 유달리 싫어하셨는데, 그분의 손녀인 나 역시 그 맛을 몹시 싫어한다. 웬만한 맛집이 아니고는 외식을 꺼리는 이유가 바로 이 들척지근한 맛 때문이다. 할머니는 김치를 담글 때 설탕 대신 '신화당'이라는 인공감미료를 아주 소량 넣으셨다. 설탕보다 300배 강한 단맛을 내는 사카린이 주성분으로 딱 부러지는 할머니의 성정에 잘 어울린다.

물김치는 어느 계절에나 먹을 수 있지만 봄부터 여름까지 주로 만들어 먹는다. 기후의 특성으로 북쪽 지방에서는 국물을 많이 잡고 남쪽으로 갈수록 고춧가루와 마늘을 많이 넣는다. 지역별로 다양한 물김치가 있는데, 생활이 윤택해지면서 채소의 배합에 따른 물김치의 종류가 다양해졌다. 영남 지방에서는 초여름에 연한 콩잎으로 물김치를 담근다. 제주도에서는 여름에 수확한 귤로 물김치를 담가 먹는다. 상큼한 귤 내음으로 무더위를 식히고 입맛도 돋운다. 또한 풋고추, 양배추, 오이가 물김치로 변신하기도 한다.

뽀얗고 삼삼한 국물, 향긋한 돌나물과 아삭한 오이의 상큼한 조화. 나는 그날 익혀 먹지 않아도 되는 이른 봄의 돌나물물김치에 빠져 밥을 너무 많이 먹는 바람에 심하게 체했다. 열 살도 안 된 어린아이가 돌나물물김치 맛을 제대로 알았을 리 없을 텐

데 왜 그리 과식했을까?

이제 와서 그날을 떠올려보니 서글픈 감정이 마음에 맺힌다. 어린 나는 엄마를 마땅찮아 하시는 할머니의 마음에 들고 싶었던 것 같다. 엄마는 그날도 돌나물물김치가 완성되기 전에 자리를 피했다. 응석받이로 자라 자유분방했던 엄마는 늘 할머니의 꼼꼼한 성정과 잔소리를 버거워했다. 완성된 돌나물물김치를 김치 통에 담을 때 주방에는 할머니와 나 둘밖에 없었다. 할머니와 함께 있는 시간을 힘겨워하는 엄마 대신 심부름을 끝까지 잘해내고 음식을 맛있게 먹으면 할머니가 엄마를 좀 예쁘게 봐주겠지 했던 열 살 아이의 마음…. 그 시절 내 마음속엔 항상 그런 생각이 자리했다.

할머니를 추억하며 글을 쓰는 지금도 나는, 표현은 투박했지만 유달리 손녀딸에게 깊은 정을 주셨던 할머니와 늘 보호의 대상이던 엄마 그 사이 어딘가에 서 있다.

김장김치보다

채장아찌

나는 30대 중반이 되어서야 배추김치를 먹기 시작했다. 물론 그 이전에도 김치볶음, 김치찌개 그리고 갓 담근 겉절이 같은 것은 먹었지만, 밥상에 기본인 배추김치는 전혀 먹지 않았다. 배추김치를 먹지 않은 이유는 아마도 엄마의 영향이었을 것이다.

엄마는 배추김치를 즐기지 않았다. 아버지와 함께 하는 식사가 아니면 배추김치를 아예 밥상에 올리지 않았다. 그나마 통배추김치는 한두 조각 드시는 걸 본 듯도 하지만, 배추를 썰어 담근 맛김치는 통 젓가락을 대지 않았다. 그러다 보니 나는 배추김치를 먹을 기회가 거의 없었고, 먹지 않다 보니 그 맛에 익숙하지 않았다.

연애 시절 지금의 시댁에서 처음 저녁 식사를 하던 날, 밥상에 놓인 시어머니의 배추김치가 유달리 눈길을 사로잡았다. 밥상 중앙에 놓인 한 종지에 소복이 담겨 있었는데, 많이 절이지 않은 배추의 흰 부분과 고춧가루의 붉은 빛깔이 선명한 대조를 이루어 가지런하고 고왔다. 그때까지 보았던 김치와 외양부터 확연히 달랐다. 한 조각 입에 넣으니 그동안 내가 알던 배추김치의 맛이 아니었다. 향, 염도, 식감 모두 상큼하고 시원하면서도 아삭거리는 것이 마치 샐러드 같아서 밥 없이 그냥 김치 하나만 놓고도 요리처럼 먹을 수 있을 성싶었다. 시어른들은 6·25전쟁 이후 월남한 평안도 분들인데, 중년 이후에 미국에서 이민 생활을 하셨다. 그런 배경 때문인지 시어머니의 배추김치는 달리 어디에서도 볼 수 없을 정도로 독특했다.

다만 그런데도 어려서부터 입에 밴 때문인지 김장철이 다가오면 시어머니의 김치보다 할머니의 채장아찌와 고들빼기김치가 더 선명하게 되살아난다.

채장아찌는 무채를 고춧가루 양념에 버무린 김칫소를 말한다. 채장아찌라는 말을 찾아보니 인천 방언이라고 하는데, 경기도 화성이 고향인 우리 친가에서 왜 그리 불렀는지 모르겠다. 우리 집에서는 김장 배추김치가 익어가는 동안, 김치 대신 채장아찌를 절인 노란 배추 고갱이에 생굴과 함께 싸서 먹었다. 그중에서도 가장 맛있게 먹은 방법은 곰국에 흰쌀밥을 말아 위에 올려 먹는 것이었다. 할머니는 겨우내 곰국을 고았는데, 여기에 흰쌀밥을 말아 채장아찌를 곁들여 먹는 것이 추운 겨울을 따뜻하게 나는 우리 집 특식이었다. 아버지는 매끼 밥상 위에 국과 반찬이 골고루 차려진 반상 차림을 좋아했지만, 채장아찌와 곰국을 드실 때면 다른 반찬은 필요 없다고 하셨다.

할머니의 모든 음식이 그러했지만 특히나 채장아찌의 개운한 맛은 지금도 잊히지 않는다. 할머니의 채장아찌는 갓 만들었을 때도 맛있지만, 나는 다 익어갈 무렵의 맛을 더 좋아했다. 곰삭은 무에서 나는 쿰쿰한 발효의 맛이 이상하게 속을 가라앉혔다.

고들빼기김치는 전라도 지방에서 많이 먹는다고 하는데, 할머니도 이 김치를 즐겨 담그셨다. 아마도 아버지가 좋아해서 그러셨지 싶다. 나는 막 담가 쌉싸름한 향과 진한 젓국 맛이 감도는 싱싱한 것도 잘 먹지만, 시큼한 맛이 날 정도로 묵직하게 곰삭은 것을 더 좋아한다. 윤기 나는 하얀 쌀밥에 고들빼기김치 한 줄기를 얹어 먹는 겨울의 맛이란!

할머니의 손맛을 그리며 요즘도 가끔씩 사서 먹는데 아무래도 시판하는 고들빼기김치는 들큼하고 개운치 않다. 꼭 솜씨 때문만은 아닌 듯하다. 할머니는 늘 시장에서 나물 캐는 할머니에게서 사 온 야생 고들빼기로 김치를 담그셨다. 요사이 고들빼기의 수요가 늘면서 인공 재배를 많이 하는데 아무래도 인위적으로 키운 것에서는 기억 속의 그 향과 맛이 나질 않는다.

김치는 맛보는 것만으로는 담그는 방법을 짐작하기 어렵고 집중해서 보고 배우지 않으면 알 수 없다. 머릿속으로 가만히 우리 집 김장 담그는 장면을 떠올려본다.

김장 날이 되기 한참 전부터 할머니는 부지런히 준비를 시작하셨다. 김장에서 가장 중요한 것이 배추 절이기라고 하셨고, 그 핵심은 소금의 선택과 절이는 정도였다. 할머니는 몇 달 전에 천일염을 미리 사서 간수를 빼두셨다. 시장에서 쉽게 살 수 있는, 공장에서 나온 소금으로 절이면 배추에서 쓴맛이 나고 김치가 쉽게 물러 못 쓴다고 하셨다.

할머니는 덜 절여진 배추를 보면 "배추가 살아서 다시 밭으로 가겠다." 하며 타박하셨다. 배추가 알맞게 절여졌는지 알려면 절인 배추를 물에 헹궈 구부려본다. 이때 배추가 부러지지 않고, 잘 구부려지면서도 질감이 살아 있어야 한다.

다음으로 할머니가 정성을 기울이신 것이 김치 양념이다. 고춧가루는 손수 마당에 말리고 거두길 반복한 태양초를 씨 빼고 방앗간에서 빻아 쓰셨다. 방앗간 사람들이 못내 못 미더워 그 과정도 직접 앞에서 감독하셨다. 젓갈도 지인을 통해 구매한 새우젓과 생멸치젓만 고집하셨다. 거기에 배추김치에는 명태나 조기, 오징어를, 깍두기에는 굴 같은 신선한 해산물을 넣으셨는데 이렇게 담그면 아버지가 반주 안주로 아주 좋아하셨다.

젓갈이 아닌 날생선이나 그 밖의 해물, 육고기를 김치에 넣으면 삭는 속도가 더디다. 천천히 발효되는 동안 생물의 신선한 맛과 발효가 진행되는 과정의 맛을 모두 즐길 수 있다. 김치는 동물성 발효와 식물성 발효의 협업으로 맛과 영양이 완성된다.

아! 그러고 보니 청각이 있었다. 할머니의 김치에는 항상 청각이 들어갔다. 김치의 시원한 맛을 내려면 청각이 꼭 들어가야 한다고 했다. 사슴 뿔을 닮았다는 이 해초는 정약전의 《자산어보》를 비롯해 다수의 고서에도 김치 맛을 돋우는 해조류로 소개돼 있다.

사실 할머니의 김장에서 중요하지 않은 것은 없다. 어느 해인가 할머니는 작년 김치가 맛이 덜했던 이유가 김치 항아리 때문이라고 하셨다. 옹기는 액체가 새는 것을 막고 공기는 선택적으로 투과시키면서 발효 중에 발생하는 탄산을 가둬 김치의 시원한 맛을 살려준다. 결국 그해 할머니는 반짝이는 유약을 바른 공장에서 나온 항아리가 아니라, 수소문 끝에 장인을 찾아내

새로운 옹기를 장만하셨고 돌아가실 때까지 줄곧 애용하셨다.

　내가 어릴 적에는 김장김치가 겨울철 반 식량이었기 때문에 집집마다 배추김치 말고도 깍두기, 동치미, 파김치 등 다양하게 김장을 담갔다. 지난 2013년에 우리의 김장, 즉 김치를 담그고 나누는 문화가 유네스코 인류무형문화유산으로 지정되었다. 김치가 아닌 김장 문화가 문화유산으로 지정된 것은 김치가 단순한 음식이 아니라 김치를 담그고 나누어 먹음으로써 나눔, 결속 및 유대감과 같은 인류 보편적 가치를 실현하는 삶의 단면이기 때문이다.

　김장 담그는 날이면 할머니는 절인 배추에 속을 넣느라 손을 바삐 움직이면서도 연신 절인 노란 배추에 김칫소와 생굴, 푹 삶은 돼지고기 보쌈을 싸서 나와 동생 입에 넣어주셨다. 엄마는 할아버지와 아버지의 반주상을 정성스레 차렸고, 가스레인지 위에선 배춧국이 보글보글 끓었다. 이윽고 이른 새벽부터 이어진 김장 담그기의 고된 노동이 저녁 무렵 온 가족이 즐기는 흥겨운 잔치로 변모했다. 중장년이면 누구에게나 이와 비슷한 김장의 기억이 있을 것이다. 그 따스한 추억이 이어질 수 있게 김장의 전통이 오래 지켜지길 바라는 마음이 간절하다. 그러나 말처럼 쉽지는 않다.

　정작 우리 집도 게으르고 솜씨 없는 안주인 때문에 전국 팔도의 고마운 지인들이 보내주시는 김장김치로 겨울을 난다. 손녀는 할머니의 기대대로 공부하는 사람이 되었지만 김장김치를 해마다 살뜰히 담그는 여인이 되지는 못했다. '일하느라 바쁘니까'라며 변명해보지만 여전히 부끄러운 생각이 앞선다. 이번 입동에는 훗날 딸이 돌이킬 수 있는 추억의 한 조각이 되길 바라면서 김장을 한번 담그리라, 또 마음을 먹어본다.

비 오는 날

명란젓

불현듯 추억의 시간으로 데려다주는 것들이 있다. 음악이 그렇고 음식이 그렇다. 이문세의 4집은 내가 생애 처음으로 산 LP 음반이다. 그 시절엔 카세트테이프와 LP로 음악을 들었는데, 특히 LP 음반은 소장의 의미가 컸다. 이 음반은 약 280만 장 이상 팔린 메가히트 앨범으로 '사랑이 지나가면', '깊은 밤을 날아서', '그녀의 웃음소리뿐' 등 명곡이 가득하다. 아직도 이 노래들을 들으면 중학교 어느 중간고사 마지막 날 아파트 상가 레코드 숍에서 들뜬 마음으로 음반을 사던 소녀의 설렘이 되살아난다.

음악만큼이나 오랜 시간 오감으로 기억되는 어린 시절의 음식이 있다. 어느 비 오는 날 엄마가 차려준 이른 저녁 밥상이다. 그날의 밥상은 몇십 년이 지난 지금도 사진을 보듯 생생하다. 하얀 김이 모락모락 피어오르는 갓 지은 흰쌀밥, 껍질이 바삭하게 구워진 굴비, 엄마가 손수 담근 명란젓과 뜨끈한 소고기뭇국. 하얀 굴비 살을 발라 호호 불어서 밥 위에 얹어주던 엄마의 젓가락…. 비 내리던 하굣길의 쌀쌀한 공기에 한껏 움츠러든 몸과 마음을 포근하게 녹여준 식탁의 온기가 지금까지 마음속에 따스하게 자리하고 있다.

부모님이 맞벌이를 하셔서 어린 시절 우리 집에는 언제나 엄마 대신 살림을 도와주던 언니가 있었다. 상차림이 소홀했던 것은 아니지만, 학교에서 돌아와 엄마가 없는 식탁에 앉을 때면 말할 수 없이 허전하고 쓸쓸했다. 아이가 엄마의 존재를 확실히 인지하기 시작하는 세 살 무렵 내가 오랜 직장 생활을 일말의 미련도 없이 그만둔 것이나, 여동생이 결혼 후 쭉 전업주부로 사는 것도 엄마가 부재했던 유년 시절에 대한 반작용일 것이다.

그날의 밥상이 유독 그리운 것은 아마도 집 안을 가득 채운 엄마의 온기 때문이리라. 그 추억 속엔 저녁을 더 맛있고 정성스럽게 차리기 위해 공들이던 젊은 날의 엄마가 있다. 항상 바빴던 엄마가 전업주부로 지냈던 짧은 한때, 그 소중한 시간이 날아가 버릴까 봐 나와 어린 동생은 조심스레 주방을 서성였다.

또 다른 이유는 지금은 영영 찾을 수 없는 맛 때문일 것이다. 이날 식탁에 올랐던 명란젓은 지금까지도 내가 가장 그리워하는 음식이다. 명란젓이야 흔한 음식인데 무에 그리 그리우냐 하겠지만, 요사이 시중에서 파는 명란젓은 내가 기억하는 그날의 맛이 아니다.

지금은 명란젓을 사시사철 먹을 수 있지만, 1960년대까지도 겨울 한철에만 먹는 음식이었다. 명란은 알집이 단단하지 않아 상온에서 쉽게 상하기 때문에 겨울에만 유통이 가능했다. 남북이 분단된 이후에는 명태가 나는 곳이 강원도이다 보니 명란젓은 자연스럽게 강원도의 향토 음식이 되었다.

명란젓은 명태를 황태 덕장으로 보내기 전에 알을 꺼내 담근다. 우리나라 전통 명란젓은 연한 소금물에 명란을 깨끗이 씻어 물기를 빼고 소금에 절였다가 소금과 고춧가루를 섞은 것과 명란을 항아리에 한 켜씩 번갈아 담아 삭힌 것이다. 대체로 동지 전에 만드는 것이 맛있다고 하며, 새해 첫날 명란의 알집에 빼곡히 박힌 수많은 알을 먹으면서 자손의 번창을 기원했다고 한다.

조선 시대부터 즐겨 먹던 명란젓이 일제강점기에 일본 후쿠오카로 전해져서 그 지방의 특산품으로 재탄생해 우리나라로 역수입되었다. 원래 우리나라에서 명란은 왕실부터 민가에 이르기까지 두루 사랑받는 음식이었다. 우리 조상들은 명란을 젓 갈뿐 아니라 탕과 구이로도 즐겼다. 하지만 일본에서는 18세기 까지 주목받지 못한 식재료였다. 그러던 중 후쿠오카 출신의 일 본인이 어린 시절 부산 초량시장에서 먹었던 명란젓의 맛을 잊 지 못해 만들어 팔게 된 것이다. 명란을 의미하는 일본어인 '멘 타이코(明太子)'는 명태의 한국식 발음에서 차용한 것으로, 명태 의 자식이라는 의미다.

일본식 명란젓은 우리 전통 방식과 달리 염장과 숙성의 방식 으로 만들어진다. 명란을 소금물에 절여 일차로 조미하고, 이후 에 다시 새로운 조미액에 담가 이삼 일 숙성시켜 완성한다. 이때 사용하는 조미액이 제조사마다 다르기 때문에 같은 명란을 써 도 저마다 맛이 다른 것이다.

본디 먹거리가 부족한 겨울철을 대비해 육류와 채소를 저장 하는 원리는 건조, 훈제, 발효로 전 세계적으로 유사하나 저장 방식은 문화권별로 차이가 있다. 어장과 젓갈은 아시아 지역의 대표적인 저장 방식이다.

우리나라는 국토의 삼면이 바다라 예로부터 제약 없이 구할 수 있는 동물성 식재료가 해산물이었다. 이것의 일부는 말리고 나머지는 염장 발효를 시켰는데 그러려면 내장 손질이 필수였 다. 젓갈은 손질 과정에서 버려지는 내장, 아가미와 알 등의 부산물을 따로 모아 소금에 절여 만든다. 서해안에서는 겨울에 물고기가 잡히지 않아 해산물을 장기 저장해야 했다. 그리고 염전이 많아 소금이 풍부했기에 젓갈이 발달했다. 그 반면에 동해안은 1년 내내 물고기를 잡을 수 있었으나 소금이 귀했다. 그래서 소금을 적게 사용해 보존 기간이 짧은 식해를 즐겨 먹었다. 식해는 소금에 절인 물고기에 곡류로 지은 밥과 고춧가루, 무를 넣고 버무려 삭힌 발효식품이다. 우리나라에서 먹는 젓갈은 100여 종에 이르고 식해는 30가지 남짓한데 함경도는 명란젓과 명태식해가 모두 유명하다.

얼마 전에야 엄마가 만든 명란젓이 우리나라 전통 방식으로 담근 것이라는 사실을 알게 되었다. 엄마는 아버지가 짝으로 사 오신 명태를 손질하면서 명란을 따로 모아두었다. 이것을 잘 씻어 소쿠리에 담아 물기를 빼고 소금을 뿌려 하룻밤 그대로 둔다. 다음 날 아침, 소금물 뺀 명란을 다시 소금과 다진 마늘, 고춧가루 섞은 양념에 골고루 무쳐 작은 항아리에 가지런히 담아 뚜껑을 꼭 싸매 초겨울 마당에 두었다. 며칠 후 상에 올라온 명란젓은 짭짤하면서도 매콤하고 물기가 없이 단단했다. 이 명란젓의 껍질을 벗긴 뒤 참기름과 다진 파를 넉넉히 넣어 버무리면 그 또한 별미였다. 새끼손톱 크기로 덜어 윤기 나는 쌀밥에 올려 먹던 맛이 지금도 잊히지 않는다. 알알이 터지는 식감과 깊이 삭은 감칠맛이 일품이었다. 명태 한 짝에서 나온 명란으로 담근 것이라 양이 많지 않을뿐더러 언제부턴가 엄마는 더 이상 명란젓을 만들지 않았기에 더 귀한 맛으로 기억되는지 모르겠다.

내가 명란젓으로 만든 음식 중 손꼽는 별미는 명란젓찌개다. 사둔 지 조금 오래된 명란젓으로는 찌개를 끓인다. 냉장고에 소고기가 있으면 갖은 양념을 해서 볶다가 물을 넣어 육수를 내고 무, 명란, 두부 순으로 넣어 끓인다. 간은 새우젓으로 하고 어슷하게 썬 대파를 넣어 한소끔 끓이면 심심한 알탕보다 짭조름하면서 쿰쿰한 맛에 식욕이 당기는 찌개가 된다.

냉장고가 보급되면서 젓갈에 염장을 과하게 할 필요가 없어지고, 일본식 저염 명란젓 만드는 법이 역수입되어 최근에는 전통 방식으로 만든 발효 명란젓은 찾아보기 어렵게 되었다. 물론 일본식 명란젓도 쓰임이 있어서 즐겨 사용한다. 요즘 집에서 많이 해 먹는 명란크림파스타나 명란솥밥, 명란아보카도덮밥 같은 음식에는 이런 저염식 명란젓이 잘 맞는다. 그러나 밥반찬으로는 여전히 전통 방식의 명란젓만 한 것이 없다. 밥 한 숟갈이 입안에서 순식간에 흔적도 없이 사라지는 '밥도둑'의 명성은 이 명란젓을 먹을 때에야 비로소 실감할 수 있다.

전업주부로서 보낸 엄마의 시간은 길지 않았다. 젊은 시절 엄마는 상냥하고 재치가 넘치는 사람이었다. 누구와도 유쾌한 수다를 나누고 생기가 넘쳤지만 전업주부로 지내는 몇 달 동안 점차 시들해져갔다. 그러나 그 짧은 몇 달 동안 주방만큼은 엄마의 손길과 온기가 곳곳에 퍼졌다. 그때 엄마가 만들던 음식 냄새는 지금까지도 나를 안온하게 지켜준다.

세상은 넓고 맛있는 것은 많지만, 내 그리움이 닿는 음식은 그 짧은 기간에 맛본 젊은 날 엄마의 음식이다.

토란국 대신
만둣국

우리 친정에서는 추석 전날 토란을 손질한다. 토란은 다루기
가 만만찮다. 맨손으로 다듬으면 어느새 손이 심하게 가렵고,
껍질을 까서 공기 중에 그대로 두면 금세 갈색으로 변색된다. 그
래서 토란을 손질할 때는 반드시 장갑을 껴야 하고, 껍질을 벗
긴 토란은 바로 쌀뜨물에 담가두는 것이 요령이다. 추석 즈음에
수확한 햇토란을 소고기와 다시마 육수에 넣어 끓인 토란국은
서울과 경기 지방의 대표적인 추석 절식이다. 고온성 작물이라
이북 지방에서는 토란을 보기 어렵고 경상도 지방에서는 토란
국을 먹지 않는다고 한다. 얼핏 보면 감자같이 생겼지만 감자와
달리 표면이 몹시 미끈거려 국을 끓이기 전에 껍질을 벗겨 소금

물에 살짝 삶는 것이 중요하다. 나는 이 미끈한 식감이 싫어 토란국을 잘 먹지 않았지만, 그래도 추석에 토란국이 없으면 어쩐지 섭섭하다.

시댁에선 추석에 토란국 대신 만둣국을 먹는다. 사시사철 시댁 냉동고에는 만두가 떨어지는 날이 없었다. 시댁은 시아버지는 평안도, 시어머니는 만주가 고향인 실향민 가족이다. 홀어머니를 모시고 월남한 삼대독자 시아버님은 조실부모하고 혼자 지내다 언니와 단둘이 살던 시어머니와 결혼해 삼 남매를 낳으셨다. 일가친척 하나 없이 삼 남매와 부부뿐인 가족. 게다가 삼 남매 중 둘은 미국에 살고 있기 때문에 도와주는 사람도 없이 시어머니 혼자서 만두를 빚으셔야 했다. 하지만 만두의 양만큼은 여느 대가족 못지않았다. 손이 크기로 둘째가라면 서러운 분이라 김장용 비닐봉지에 만두를 몇백 개씩 얼려두었다가 집에 오는 손님마다 들려 보내셨다. 사치를 모르는 시어머니의 생활비 대부분은 아마 이 만두 빚는 비용으로 들어갔을 것이다.

사실 나는 만두와 인연이 깊다. 어릴 때부터 할머니는 설 무렵이면 나를 앞혀놓고 만두를 빚으라고 시키셨다. 반죽한 밀가루를 조금씩 떼어 반질반질한 홍두깨로 얇게 밀어 내 앞에 놓으면서 만두는 피가 얇고 속은 적당히 채워야 맛있다고 가르쳐주

셨다. 할머니는 만두를 예쁘게 빚어야 예쁜 딸을 낳는다고 하셨
는데, 추석에 송편을 빚을 때도 똑같이 말씀하셨다. 뭐든 빚는
것은 왜 딸과 연관이 되는 것인지⋯. 만두와 송편을 예쁘게 빚어
서 늦게 낳은 딸이 저리 이쁜가. 아무튼 이래저래 만두와 인연이
깊은 나는 추석에 토란국 대신 만둣국을 먹는 집으로 시집을
왔다.

　시어머니의 만두 준비는 만두를 빚기 보름 전 김치를 새로 담
그는 일부터 시작된다. 당일 아침에는 부지런히 만두소를 준비
해야 한다. 먼저 김치를 물에 담가 양념(고춧가루)을 뺀다. 시어머
니는 만두소에 고춧가루가 보이면 상스럽다고 하셨다. 만두소는
양념을 뺀 김치, 데친 숙주와 배추, 두부, 간 돼지고기를 넣어
만들었다. 만두소는 물기가 많으면 질척이고 맛이 없다. 그렇다
고 물기를 너무 짜면 뻑뻑해서 그 또한 맛이 없다. 그래서 두부
의 물기를 어느 정도 짜는지가 관건이다. 두부 위에 도마를 올
려놓고 적당히 물기를 뺀 뒤 손목에 가볍게 힘을 주어 칼등으로
얌전히 으깬다. 시어머니는 절대로 미리 갈아놓은 돼지고기를
쓰지 않으셨다. 살코기와 지방의 비율이 적당한 돼지고기를 바
로 갈아서 쓰셨다. 시댁 주방에는 전기 맷돌부터 고기 가는 기
계까지, 음식을 하는 데 필요한 기구는 없는 게 없었다. 이 재료
들에 소금, 참기름, 파, 마늘을 넣어 밑간을 한다. 그러고는 생돼

지고기를 넣은 만두소의 간을 보셨다.

시어머니는 두부김치만두보다 고기만두를 좋아하는 막내 며느리를 위해 항상 내 것을 별도로 만들어주셨다. 고기가 많이 든 만두를 좋아하지 않는 사람도 있지만, 나는 햄버거 패티도 소고기가 많이 들어 육 향이 짙고 식감이 약간 뻑뻑한 것을 좋아한다. 만두 빚는 날은 냉동고 두 대를 모두 비웠다. 시댁의 전용 냉동고에는 항상 얼린 만두와 녹두빈대떡이 가득했다. 시어머니는 이 냉동고가 가득 차면 든든해하셨고, 바닥이 보이기 시작하면 분주해지셨다. 빚은 만두를 냉동고에 들어갈 알맞은 크기의 쟁반에 가지런히 담아 일차 냉동한 후 서로 붙지 않을 정도가 되면 꺼내어 일일이 투명한 김장용 비닐봉지에 담아 다시 냉동고에 넣어두었다.

시어머니의 만둣국은 만두도 만두지만 그 육수가 별미였다. 소고기 육수의 묵직한 맛과 닭 육수의 가벼운 감칠맛이 절묘하게 조화를 이루었다. 육수에는 시어머니의 지극한 정성이 고스란히 배어들었다. 닭 뼈로 곤 육수와 양지머리 육수를 섞어 감칠맛과 깊은 맛이 적절히 균형을 이루었다. 그 감미로움은 이루 형언하기 어렵다.

이 육수의 배합 비율은 시어머니의 냉면 육수에도 적용되었다. 살얼음이 얼어 시원하면서도 깔끔한 단맛이 도는 동치미 국물에 고기 육수가 적절한 비율로 더해져 장안 최고라는 냉면 맛집도 저리 가라 할 정도로 황홀한 맛이 났다.

시댁에서는 만둣국을 먹을 때 밥을 같이 말아 먹는다. 그야말로 만두 '국'인 셈이다. 평안도 지방에선 흰밥을 만 만둣국을 새신랑의 상에 올리는 혼례 음식으로도 차리는데, 이는 다산, 특히 남아 생산과 관련된 중요한 의미를 담고 있다. 또 평안도와 황해도 지역에서는 설날에도 떡국 대신 만둣국을 먹었다고 한다. 문헌에 따르면 이 풍습은 중국 산둥 지역에서 유래한 것으로 중국인은 묵은해를 보내고 새해를 맞이하면서 만두를 먹으면 자손이 번성하고 복을 받는다고 믿었다.

만두는 만두피와 소의 재료, 빚은 모양, 익히는 방법에 따라 종류가 다양한데 과거에는 밀가루나 메밀가루로 빚은 만두를 가장 흔하게 먹었다. 《서울잡학사전》에는 1900년대 초만 해도 서울 사람들은 메밀만두를 즐겨 먹고, 개성 사람들은 밀만두를 즐겨 먹었다는 기록이 남아 있다. 당시 한반도에서 밀 농사가 가능한 곳은 황해도 이북 지역이었고, 수확량이 많지 않아 밀가루를 구하기가 쉽지 않았다. 그래서 메밀로 만두를 빚었는데, 메밀은 밀가루에 비해 찰기가 없어 송편을 만들 때처럼 주머니 모양을 만들어 소를 넣었다고 한다. 한편 쌀 재배가 많이 이루어진 남쪽 지방에서는 만두를 먹지 않았다. 그러다 일제강점기와 6·25전쟁을 거치면서 이전에 비해 밀가루를 구하기가 쉬워졌다. 또 피란 온 개성 사람들이 집단 거주지에서 밀만두를 만들어 먹으면서 이것이 점차 퍼져나갔다. 마침내 1980년대에 들어서는 메밀만두는 도태되고 밀만두가 그 자리를 완전히 채우게 되었다.

결국 밀만두 하나만 살아남았지만 조선 시대 문헌에는 그 밖에 여러 종류의 만두가 기록되어 있다. 개성 사람들이 여름철에 즐겨 먹던 고기 없이 오이나 호박 채를 넣어 만든 '편수', 꿩고기를 사용한 '생치만두', 대합을 넣은 '생합만두', 전복을 넣은 '전복만두', 절인 배추의 줄기와 잎을 넣은 '숭채만두', 만두를 석류 모양으로 빚어 탕으로 끓인 '석류탕', 생선 살을 얇게 포로 떠서 만두피로 활용한 '어만두' 등…. 이렇게 다양한 만두가 존재한 것을 떠올리면 우리 선조들의 격조 있고 풍류 넘치는 식문화에 새삼스레 감탄하게 된다.

아쉽게도 나는 시어머니께 음식을 배우지 못했다. 신혼여행에서 돌아온 다음 날부터 시어머니는 반찬을 비롯해 당신 아들이 마실 보리차까지 끓여 바리바리 싸서 보내셨다. 시어머니가 아들에 대한 사랑으로 보내는 음식이, 그때는 받자니 버겁고 버리자니 죄스러웠다. 음식은 때론 갈등의 소재가 될 만큼 너무나 많은 상징성을 가진다. 시어머니가 미국으로 가신 후에는 집에서 빚은 만두를 거의 먹지 못했다.

지금은 내가 결혼 전 근무한 친정 같은 회사에서 판매하는 냉동 만두가 전 세계 소비자의 입맛을 사로잡고 있다. 나도 집에서 만둣국을 끓일 때면 이 만두를 애용한다. 그렇다고 해도 이 대기업 만두가 시어머니의 만두를 대체할 수는 없다. 1년 내내 냉동실 가득 만두가 채워져 있어 손님이 언제 들이닥쳐도 걱정 없던 때가 있었다. 미리 만들어둔 육수에 만두 서너 개만 넣어 끓이면 모두의 찬사를 받았다. 집에서 손수 빚은 만두를 마다할 사람이 어디 있으랴. 더군다나 시어머니의 만두는 단연 최고였으니….

한번 해놓으면 먹을 때마다 든든한 만두의 존재를 시어머니가 곁에 계실 때는 미처 몰랐다. 이제 시어머니는 아흔이 넘어 치매로 정신이 맑으실 때가 점점 줄고 있다. 시어머니가 주신 만두 때문에 냉동실에 다른 걸 넣을 자리가 없다는 불평을 할 필요가 없지만, 그 든든한 마음을 더 이상 느낄 수 없으니 한없이 아쉬울 따름이다.

가족이 모두 모이는 명절이면 시댁 조카들은 할머니 음식에 대한 추억을 나누며 그리워하는 의식을 가진다. 시어머니는 손주들이 자신의 음식을 맛있게 먹는 것을 가장 큰 자랑거리로 삼으셨다. 당신의 힘이 닿아 할 수 있을 때 실컷 먹어두라고 입버릇처럼 말씀하셨다. 하고 싶어도 더 이상 해줄 수 없는 오늘이 올 거라는 걸 예감하셨던 것일까. 그러나 결코 어떤 순간이 또 다른 순간으로 대체될 수 없듯 많이 먹어두었던 그때가 오늘의 그리움을 덜어주지는 못한다.

미역국보다
바람떡

엄마는 동생을 낳고 나서 가장 먼저 외할머니께 바람떡을 사다 달라고 부탁했단다. 나를 낳던 첫 출산 때에는 꼬박 스물여덟 시간이나 진통을 했는데, 둘째인 동생을 낳을 때는 고작 세시간 남짓 걸렸다고 한다. 아이를 낳고 나니 참을 수 없을 정도로 간절하게 바람떡이 생각나더란다.

바람떡은 쌀가루를 익히고 떡메로 쳐 반죽을 차지게 해서 만든다. 이 반죽을 조금씩 떼어 밀대로 얇게 민 뒤 가운데에 녹두소나 팥소를 둥글게 빚어 넣고 반으로 접는다. 그러곤 사기나 유기 종지를 이용해 가장자리를 잘라 반달 모양으로 만든다. 떡을 밀어 소를 넣어 접을 때 바람이 들어가 통통하게 된다고 해서 바람떡이라고 부른다. 바람떡의 다른 이름은 개피떡이다. 개피떡은 소를 얇은 껍질로 싸서 만들었다고 해서 갑피병(甲皮餅)으로 부르던 것이 갑피떡으로, 다시 개피떡으로 바뀐 것이다.

우리나라에서 떡은 농경문화나 토속신앙과 관련된 제사와 잔치 등의 각종 의례에 쓰였다. 그러한 까닭에 종류가 다양하고, 때에 따라 가려 올려야 할 떡이 따로 있을 정도로 세분화되었다. 바람떡은 주로 봄철에 향긋한 쑥을 넣어 겨울 동안 잃은 입맛을 살려주므로 봄에 먹는 떡으로 치지만, 말랑말랑하고 맛이 좋아 사시사철 즐긴다. 다만 결혼식 잔칫상에는 절대 올리지 않는데 아마도 떡의 이름 때문인 듯하다.

바람떡의 소로는 달콤한 팥소나 거피해 보슬보슬하게 만든 팥고물 또는 녹두를 넣는다. 엄마는 거피한 팥고물을 좋아했고 나는 계피 향이 그윽한 팥소를 더 좋아한다. 자료를 찾아보니 《조선무쌍신식요리제법(朝鮮無雙新式料理製法)》에서도 "팥에 꿀과 계핏가루를 쳐서 주물러 소를 넣으면 맛이 매우 좋으니라"라고 기록했다. 《시의전서(是議全書)》에는 숙주·미나리·오이 등의 양념 채소를 소로 넣은 어름소편 등이 등장하는데, 바람떡이 우리가 알고 있는 것보다 더욱 다양한 형태로 존재했음을 알 수 있다.

바람떡은 지금도 시중 떡집에서 흔하게 볼 수 있는데, 자연의 색과 질감이 고와 궁중에 진상까지 했다고 한다. 바람떡은 소를 반죽으로 싸서 만드는 점에서는 송편과 유사하나, 모양을 빚은 다음에 익히는 송편과 달리 익힌 반죽을 쳐서 빚는다는 점에서 차이가 있다.

송편은 달의 모양을 본떠 만든 것이다. 풍요와 다산의 상징인 달을 형상화한 음식은 각 문화권에 존재한다. 중국의 월병이나 일본의 쓰키미단고 모두 달 모양의 음식이다. 서양의 대표 디저트인 케이크도 본디 달을 본떠 만든 음식이라고 한다. 서양 사람들은 아이 생일 때 케이크를 만들어 달의 여신 아르테미스에게 아이가 무병하고 영리하게 자라길 빌었다. 다만 이들의 모양이 모두 보름달을 본뜬 것과 달리 우리의 송편은 이미 차서 기울 일만 남은 만월보다 반월이 보다 나은 미래를 나타내는 것으로 여긴 우리 선조들의 철학 덕분에 반달 모양으로 빚었다.

엄마가 좋아하던 떡을 생각하다 보니 떠오르는 떡이 하나 더 있다. 바로 이북식 인절미다. 엄마는 이 떡을 '하얀 인절미'라고 불렀는데, 흔히 아는 노란 콩고물이 아니라 하얀 팥고물을 묻힌 인절미이기 때문이다.

인절미는 고려 시대 문헌에도 등장할 만큼 역사가 오래되었다. 조선 시대에는 특히 황해도의 인절미가 유명했는데, 그곳의 찹쌀이 맛 좋기로 손꼽혔기 때문이다. 인절미는 무엇보다 주재료인 찹쌀이 좋아야 한다. 찹쌀로만 만들어야 떡이 차지고 보드랍다. 고물로는 거피한 팥과 콩을 볶아 만든 콩가루 등을 쓴다.

인절미는 유독 지방의 특색이 강하다. 이북 지방에선 주로 팥고물을 쓰는데 어레미에 내리지 않고 팥알을 잘 찧어 완전히 뭉그러지게 한다. 쪄서 떡메로 친 찹쌀 덩이 양쪽에 이 팥고물을 붙여 일일이 손으로 쥐어 만든다. 남쪽 지방에선 찹쌀 덩이를 작고 반듯하게 잘라 고소한 콩가루를 묻힌다. 콩가루가 날리는 것이 유일한 단점이다. 바람떡과 달리 인절미는 혼례상에 올리고 이바지 음식으로도 보낸다. 인절미의 찰기처럼 부부가 금실 좋게 잘 살라는 바람이 담겨 있다.

엄마가 좋아한 하얀 인절미는 예전에도 떡집에서 상시 볼 수 있는 떡이 아니었다. 기온이 조금만 올라도 팥이 워낙 잘 쉬는 탓에 미리 맞춰야만 먹을 수 있었다. 요즘은 서울에도 이북식 인절미를 전문적으로 취급하는 떡집이 몇 곳 있다. 내가 즐겨 찾는 곳은 '도수향'이다. 찹쌀을 정성스레 돌절구에 찧어 하나하나 손으로 빚어 만들기 때문에 쫄깃한 맛이 남다르다. 포장도 허투루하지 않아 귀한 분들께 드리는 선물로도 아주 만족스럽다.

본격적으로 찬 바람이 매서워지는 11월이 되면 팥시루떡이 생각난다. 일반적으로 떡은 증기에 찌는 떡(증병), 떡메로 쳐서 만드는 떡(도병), 반죽해 기름에 지지는 떡(전병), 삶아 건져내는 떡(단자) 등으로 구분한다. 시루떡은 이 중 가장 먼저 만들어 먹기 시작한 증병 중 하나다. 《임원경제지(林園經濟志)》나 《규합총서(閨閤叢書)》와 같은 조선 시대 기록에 시루떡의 종류가 헤아릴 수 없을 만큼 다양하게 나온다. 가장 보편적인 것이 멥쌀을 불려 만든 쌀가루를 시루에 깔고 그 위에 팥고물 등을 얹어 쪄내는 것이다. 쌀가루에 섞는 재료나 그 위에 얹은 고물에 따라 떡의 종류를 구분하는데 가장 대표적인 것이 팥고물을 얹어 만든 팥시루떡이다.

그중 내가 좋아하는 호박고지팥찰시루떡은 떡 이름이 그대로 조리법이다. 요사이는 호박고지시루떡을 주문하면 보통 처음부터 쌀가루에 호박 물을 들여 만든다. 그러나 진짜 호박고지팥찰시루떡은 호박을 얄팍하게 썰어 말린 호박고지를 찹쌀가루와 팥고물을 켜켜이 앉힌 사이사이에 넉넉히 넣어 쪄낸다. 자칫 부족하기 쉬운 단맛을 호박고지가 은은하게 채워준다. 팥시루떡은 돌상이나 생일상을 차릴 때, 고사를 지낼 때, 이사 가서 이웃에게 인사할 때 등 아직도 제사와 잔치, 시속 음식 등에서 흔히 볼 수 있다. 이렇게 팥으로 떡을 만들어 먹는 것은 팥이 가진 액막이 의미 때문이다.

앞서 열거한 것들과 같은 특별한 의미나 맛은 없지만 늘 떨어지는 일 없이 냉동실을 지키며 든든하기로는 가래떡만 한 것이 없다. 예전에는 떡국을 세시 음식으로 설날에만 먹었지만 요즘은 사시사철 언제든지 만들어 먹는다. 특히 떡국은 영양의 균형이 잘 맞고 조리가 간단해서 바쁜 일상에서 썩 괜찮은 한 끼 식사가 되어주곤 한다.

가래떡에 얽힌 추억은 지금은 없어진 신사동 가로수길 오뎅 바에서 정종 안주로 먹었던 것이 유난히 기억에 남아 있다. 노랗게 물든 은행나무 잎이 길 위에 수북이 쌓여 노란 비단을 깔아놓은 듯했던 어느 날 저녁. 가게 밖으로 1970년대 어느 여가수의 노랫소리가 구성지게 흘러나와 늦가을 저녁의 정취를 한껏 돋웠다. 나와 일행인 동료들은 분위기에 홀리듯 음악 소리가 나는 오뎅 바로 발길이 향했다. 그날 따라 웬일인지 그 집 메뉴판의 '가래떡구이'가 유난히 반가웠다. 가래떡구이를 시키자 주인이 시간이 좀 걸린다고 하더니 작은 풍로에 불을 피우고 가래떡을 하나하나 타지 않도록 세심하게 돌려가며 한참을 구웠다. 군데군데 불에 그을려 제법 먹음직스럽게 구워진 가래떡이 조청과 함께 나왔다. 꾸덕꾸덕하게 마른 가래떡의 겉면을 베어 무는 순간 입안을 가득 채우는 말랑하고 쫄깃한 속살! 이렇게 식감이 매력적인 음식이 지구상에 또 있을까? 전자레인지에 데우거

Chapter 1. 어머니들의 음식

나 프라이팬에 구워서는 절대 이런 식감을 느낄 수가 없다. 나는 조청보다 참기름을 몇 방울 떨어뜨린 간장에 찍어 먹는 걸 더 좋아하지만 정종 안주로는 조청에 찍어 먹는 편이 더 어울렸던 것도 같다.

과거에는 시루에 찐 멥쌀가루를 목판에 놓고 잘 쳐서 조금씩 떼어 도마 위에서 굴리듯 길게 밀어 가래떡을 만들었다고 한다. 요즈음에는 기계를 이용해 모양 좋게 빼낸다. 우리 민족이 가래떡을 먹기 시작한 역사는 고구려 유리왕 이전으로 아주 오래되었다. 현존하는 가장 오래된 농서 완본(完本)인 중국의《제민요술(齊民要術)》에 밀가루 반죽을 둥근 막대 모양으로 빚어 얇게 썬 뒤 말려두었다가 끓여 먹는 떡인 기자면(碁子麵)에 대한 기록이 있다. 우리나라에서는 밀이 중국에서 수입해야 할 정도로 귀한 곡식이라 밀가루 대신 쌀가루로 만든 가래떡이 탄생한 것으로 보인다.

설날에 가래떡으로 떡국을 해 먹는 이유는 무병장수와 풍년을 기원하는 풍속 때문이다. 음의 기운이 물러나는 설날에 양의 기운을 상징하는 가늘고 긴 가래떡을 먹는 것으로 한 해 동안 무사태평하기를 빌었다.

우리와 친숙한 먹거리 중에 떡만큼 많은 의미를 가진 음식이

다시없다. 떡의 어원은 '덕'이라고 한다. 각각의 떡이 지닌 의미는 달랐지만 우리 민족은 떡을 만들고 나눠 먹는 행위 자체로 '덕'을 베풀고 실천했다.

할머니와 엄마는 집안에 중요한 일이 있을 때면 제일 먼저 떡부터 맞추셨다. 떡으로 길한 일을 축하하고, 혹여 따를지 모를 불길한 액운을 막아달라는 기원을 담았다. 나도 딸이 태어나 백일이 되고 돌이 되었을 때 다른 음식 준비에 앞서 가장 먼저 떡을 주문했다. 떡을 맞추며 아이가 무탈하게 잘 커주기를 온 마음을 다해 빌었다.

며칠 전 단골 떡집에 떡을 사러 들렀더니 공임 떡 주문을 받지 않는다는 안내문이 붙어 있었다. 요사이는 쌀을 가져다주고 떡을 맞추는 수요가 많지 않으니 그런 듯하다. 이렇게 세월이 흐르며 우리 주위의 많은 것이 변해간다.

도나스 대
도넛

요즘 들어 거울을 자주 본다. 내 얼굴이 그간의 삶과 그것을 통해 얻은 가르침을 어떻게 담아내고 있는지 살핀다. 아직 내 얼굴에서 깊어진 내면의 흔적을 발견하지는 못했지만 점점 더 엄마 얼굴을 닮아가고 있음을 발견하게 된다. 그러고 보니 얼굴만큼이나 식성도 점점 더 엄마를 닮아가고 있다.

'도나스'는 엄마의 음식이다. 엄마는 시장에서 팔던 팥 도나스를 유난히 좋아했고 내 추억의 도나스는 대부분 그것이다. 그러나 가장 선명하게 기억하는 것은 '시장 도나스'가 아니라 엄마가 집에서 만들어주던 팥이 들어 있지 않은 '홈메이드 도나스'다. 어느 날 엄마는 작은 봉지의 밀가루를 사 우유를 넣고 반죽했다. 그러곤 밀대로 밀어 밥그릇과 병뚜껑으로 모양을 찍어낸 뒤 튀겨 계핏가루 섞은 설탕을 묻혔다. 당시 제과점이나 시장에서 팔던 도나스와는 맛이 조금 달라 다른 이름으로 불러야 할 것만 같았다. 다만 솔직히 말하면 그 어느 것도 당시 내 입맛에는 맞지 않았다. 나는 팥소가 든 도나스보다는 잡채나 카레 맛이 나는 크로켓, 아니 '고로케'를 더 좋아했다(고로케를 크로켓이라고 하면 왠지 그 맛과 분위기가 온전히 느껴지지 않는다).

초등학교 5학년이던 어느 저녁. 아버지가 자그마한 종이 상자를 들고 퇴근하셨다. 며칠 전 저녁 식탁에서 친구 어머니가 간식으로 주셨던 빵에 대해 이야기했는데, 아버지가 그 말을 기억하고 사 오신 것이다. 고운 밀가루 같은 설탕이 겉면에 눈이 내린 듯 뿌려져 있고, 안에는 달콤한 과일 잼과 부드러운 크림이 듬뿍 들어 있어서 한 입 베어 물면 잼과 크림이 주르륵 흘러나오던 빵. 이전에 어디에서도 비슷한 맛을 경험해본 적 없는, 이 빵의 이름은 '도넛'이라고 했다.

윈첼 도넛. 여전히 건재한 던킨 도넛이 우리나라에 등장한 시기가 1990년대 초 즈음으로 알려져 있지만 그보다 10년 전인 1980년대 초에도 우리 곁에 잠시 머문 적이 있었다. 윈첼은 던킨과 같은 시기에 상륙해 '도나스'가 아닌 '도넛'의 존재를 알려준 브랜드다.

Chapter 1. 어머니들의 음식

우리가 일반적으로 먹는 음식 중에는 뿌리는 같으나 다른 환경에서 발전해 그 원형이 하나라는 사실을 알아채기 힘든 경우가 종종 있다. 예를 들면 우리나라의 '달고나'와 미국의 '허니콤 토피'라든가, 우리나라의 '호두과자'와 미국의 '팬케이크 퍼프' 혹은 덴마크의 '에블레스키베르' 같은 것들이다.

'도나스'와 '도넛' 또한 그렇다. 이름의 유사성이 이들의 서사를 짐작하게 해주지 않는가? 누가 형인지 아우인지를 묻는다면 도넛이 형, 도나스가 아우라고 할 수 있겠다. 그렇다면 이들의 모친은? 고대 그리스 시대부터 전해오는 '로코마데스(loukoumades)'로 보는 것이 일리 있을 듯하다. 폭신한 공 모양의 반죽을 튀긴 후 시럽이나 꿀을 듬뿍 끼얹은 빵으로, 로코마데스는 올림픽 게임의 승자에게 상품으로 수여하기도 했다고 한다. 또 아테네를 비롯해 그리스 전역에서 흔히 볼 수 있는 길거리 음식이었다고도 한다.

형인 도넛은 네덜란드에서 성장하다 이민자들을 따라 미국으로 이주하게 되었다. 네덜란드에서는 동그란 빵 중간에 호두를 얹어 만들었는데, 미국으로 넘어가면서 이렇게 만들기 어렵게 되자 그 자리에 구멍을 뚫으면서 오늘날 도넛 모양으로 탄생했다. 사실 도넛 구멍의 기원을 놓고는 여러 가지 설이 있지만 밀가루 반죽을 의미하는 '도(dough)'와 잣, 호두 같은 견과류를 의미하는 '너트(nut)'의 합성어인 '도넛(doughnut)'이라는 이름으로 보아도 이 주장이 가장 설득력 있어 보인다.

이 밖에 19세기 해군 출신인 미국의 핸슨 그레고리가 매번 도넛을 튀길 때마다 가운데가 설익자 도넛에 구멍을 뚫어 열전도율을 높이는 방법을 고안했다는 주장도 있다. 군함을 조종하면서 조타기에 끼워놓고 먹기도 했다는 일화도 함께 전해진다. 이 또한 과학적인 면에서나 스토리텔링 면에서도 타당한 일화다. 사실이 어찌 됐든 그의 고향인 메인주 록포트시에 가면 이러한 업적을 기리는 기념비까지 있다고 한다. 도넛은 1970~1980년대 미국에서 베이글에 밀려 잠시 시련의 시기를 보냈지만, 2000년대 들어 '크리스피 크림'과 함께 화려하게 부활했다.

그 반면에 아우인 도나스는 이역만리 한국으로 입양되었다. 밀가루 대신 찹쌀가루로 반죽해 기름에 튀겨 만들어지기도 하고, 떡과 같은 찰기를 내기 위해 밀가루나 찹쌀가루에 타피오카 같은 변성 전분을 넣기도 한다. 또 잼이나 크림 대신 설탕을 넣은 팥소로 속을 채우는 방식도 나타났다.

어떤 이는 이 빵의 유래를 고려 시대의 의례 음식이던 '주악'에서 찾기도 한다. 그러나 주악에는 발효 과정이 없고 개성주악(우메기)은 등장 시기가 분명치 않다. 개성주악은 찹쌀가루와 멥쌀가루를 막걸리로 반죽해 기름에 튀겨 꿀이나 조청 등을 바른

떡으로, 로코마데스와 조리 방식이 흡사하긴 하지만 시기상 도나스의 뿌리로 보기는 어렵다. 그리고 무엇보다 주악의 후손이라면 이름이 도나스일 리가 없지 않은가.

도넛은 발효 여부에 따라 케이크 도넛과 이스트 도넛으로 구분한다. 이 구분은 도나스에도 동일하게 적용되는데 케이크 도넛과 같은 방식으로 만든 것이 하얀 팥소가 들어 있는 타원 모양의 '생도나스'다. 생도나스는 케이크처럼 베이킹파우더를 넣어 부풀린 뒤 반죽해 모양을 떠서 튀긴다. 엄마가 집에서 만들어주던 도나스가 바로 이것이었다. 발효 과정 없이 반죽 후 바로 튀겨내기 때문에 밀가루 맛이 약간 나면서 묵직하다. 식감은 케이크처럼 바스락거리면서 촉촉하다. 그 반면에 이스트 도넛은 이스트(효모)로 발효시킨 후 형태를 만들어 튀긴다. 크리스피 크림과 던킨의 시그니처 도넛이 모두 이것이다. 발효 과정에서 밀가루의 단백질 성분인 글루텐이 강화돼 쫄깃하면서도 부드럽고 폭신하다.

도나스든 도넛이든, 이들의 맛과 식감의 특성은 바로 튀김이라는 조리법에서 형성된 것이다. 여기서 튀김에 대해 잠시 이야기해보기로 하자. 식재료를 끓는 기름에 넣고 푹 잠긴 상태에서 단시간에 고온으로 익혀내는 것이 튀김이다. 이 과정에서 식재료가 가지고 있던 수분이 순식간에 기화되는데, 이 때문에 튀김

기름에서 기포가 발생하는 것이다. 튀기는 과정에서 수분이 없어지는 동시에 수많은 공기구멍이 있는 '기공 구조'가 형성되어 바삭해지고, 내부의 수분이 날아가지 않은 채 열과 증기에 의해 조리되어 매우 부드러워진다. 이 과정을 통해 비로소 '겉바속촉'의 매력적인 식감이 완성된다. 이때 뜨거운 기름으로 제대로 튀기면 재료에서 달아나는 수증기 기포의 압력으로 기름이 재료 내부로 들어오지 못해 음식이 기름지지 않게 완성된다. 하지만 이 효과도 잠시, 튀김기에서 건져내는 순간 음식 표면의 온도가 내려가 튀김 겉면의 기름이 빠르게 빈 공간으로 침투한다.

나는 도넛과 도나스의 가장 큰 맛의 차이는 기름진 맛의 정도라고 생각한다. 도넛에 비해 도나스는 기름기를 많이 머금어 손으로 살짝 집거나 눌러도 흥건하게 배어나고, 포장지 바닥까지 축축해지기 일쑤다. 안에 소가 없는 경우 반죽을 덩어리로 뭉치는 만큼 반죽에 배어드는 기름의 양이 훨씬 많기도 할 것이고, 찹쌀을 쓰는 경우라면 찹쌀이 밀가루에 비해 기름을 훨씬 잘 흡수하기 때문일 수도 있다. 또 다른 이유는 표면에 슈거 파우더와 우유를 섞은 글레이즈로 코팅한 도넛과 달리 도나스는 이런 장치가 없어 기름이 그대로 배어나는 것도 원인이 될 수 있다. 지나치면 좀 느끼할 수 있으나, 이런 맛이 없다면 케이크나 빵을 먹지 도나스를 찾을 이유 또한 없지 않을까. 그래서 나는 던킨 도넛의 기름기가 덜하면서 약간 뻣뻣한 식감보다 크리스피 크림의 기름진 보드라움을 사랑하고, 이들보다는 시장에서 파는 찹쌀 도나스를 더 아낀다.

식재료를 기름에 튀기면 단백질이 풍부해지고 풍미가 좋아지면서 무엇보다 지방 함량이 증가한다. 지방은 비교적 적은 양으로 많은 에너지를 내는 영양소다. 또한 인체에서 장기간 안정적으로 저장이 가능한데 이는 굶주림에 시달리던 과거 인류에게는 굉장한 장점이었으나, 영양 과잉 시대인 현대에 와서는 건강과 아름다움을 유지하는 데 치명적인 단점이 되었다. 그러나 우리는 조상인 원시 인류의 DNA를 물려받아 아직도 지방을 선호하는 원초적 본능을 가지고 있다.

외식 기획자로 일하던 시절 기름진 빵에 대한 사그라지지 않는 소비자의 로망에 부응하고자 이태원에 도넛 브랜드를 오픈한 적이 있었다. 당시 콘셉트를 고민하다 이태원이 품은 장소적 의미에 주목했다. 이태원은 한국의 근대화 과정과 국제화의 상징성을 지닌 지역이다. 이곳은 6·25전쟁 이후 주한 미군 기지와 인접하면서 외국인과 군인들을 위한 상업 지구로 변모했다. 그 과정에서 다양한 문화와 국제적 요소가 혼합된 독특한 지역 특성을 형성했다. 나는 특유의 개방성과 포용성을 지닌 이태원에서는 무언가 새로운 시도를 과감히 해볼 수 있을 것 같았다.

고민을 거듭한 끝에 대표 메뉴로 도나스와 도넛을 선택했다. '이태원 도나스'라 이름 짓고 길거리 도나스 외형에 필링은 제주 감귤잼과 고급스러운 향의 얼그레이 크림을 넣어 우리의 것에 적당히 외국풍을 혼합했다. 필링을 채우지 않은 구멍 뚫린 도넛에는 고급스러우면서도 화려한 글레이즈를 입혀 '한남동 도너츠'라는 이름을 붙였다. 이를 통해 고급 레스토랑, 카페, 갤러리들이 속속 들어서며 유행의 첨단에 서게 된 이태원의 또 다른 이미지를 드러내고 싶었다. 역시나 오픈 첫날 매장 앞에 늘어선 긴 대기 행렬을 보며 외식 공간을 기획하는 데 지역의 서사를 활용하는 것보다 더 위력적인 방법은 없다는 사실을 새삼 실감했다. 탁상 위의 전략은 힘이 없다. 자본주의 시장 내 소리 없는 전쟁에서의 승리는 이론과 계획만으로 얻어지지 않는다. 우리의 모든 문제는 현장에 답이 있다는 명제는 절대 불변의 진리다.

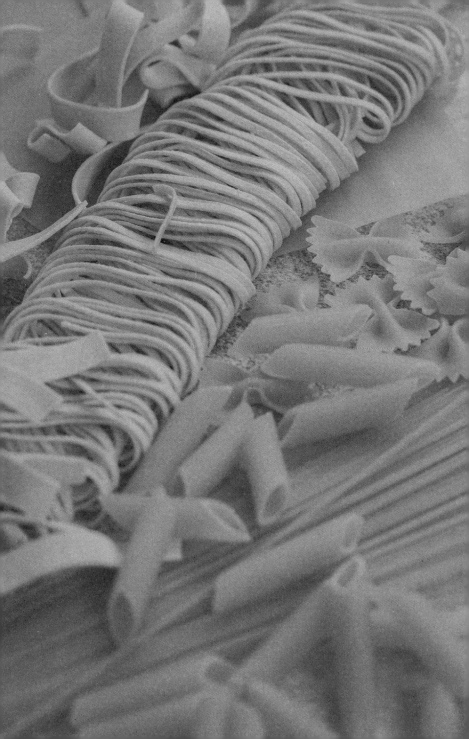

Chapter 2.

나의 음식

내 인생의 중심에는 언제나 음식이 있었다.
뼈와 살과 정서 깊은 곳에 깃들어 있는
내 그리운 맛에 대한 이야기.

나의

파스타 이야기

맛은 추억으로 존재하고 허기는 추억을 소환한다. 내게 파스타는 배가 고플 때 밥보다 먼저 생각나는 음식이다.

"어떤 파스타를 제일 좋아하세요?"

외식할 때 언제나 첫 번째 선택지가 파스타라고 하면 모두 어김없이 이렇게 묻는다. 난감하다. '어떤'이라는 말에는 파스타 면의 종류인지, 파스타 면의 제조 방식인지, 파스타 소스의 종류인지 너무나 많은 갈림길이 있기 때문이다.

파스타는 밀가루로 만든 이탈리아 국수 요리를 총칭하는 말이다. 소스와 재료, 면의 종류에 따라 수백 가지 파스타가 존재한다. 마카로니와 스파게티 같은 것이 그중 한 종류다.

가장 많이 알려진 파스타의 유래는 마르코 폴로가 중국에서 이탈리아로 전파했다는 설이다. 마르코 폴로는 《동방견문록》에서 중국 음식에 대해 상세하게 언급하고 많은 찬사를 보냈다. 실제로 그가 활동한 원나라 시대에는 중앙아시아 전역까지 국수가 널리 전파되었기에 일리가 있을 법하다. 또 동양인의 관점에서 보면 문화적 우월감을 느낄 수 있는 대목이기도 할 터. 그러나 이 유래의 출처는 1929년에 미국의 파스타 전문 잡지에 실린 내용으로, 결론부터 말하자면 미국에 거주하는 이탈리아 이민자들이 미국인들에게 마카로니와 스파게티를 홍보하려 지어낸 이야기일 뿐이다.

여기서 역사적 근거를 세세히 열거할 수는 없지만, 파스타는 마르코 폴로 이전부터 이탈리아에 존재했으며 이탈리아가 아니라 이슬람 문화권에서 기원한 음식이다. 현재 이탈리아 전역은 물론 전 세계적으로 즐겨 먹는 파스타 중 건조 파스타는 지중해의 외딴섬 시칠리아에서 10세기 무렵에 등장했다. 지구상에서 가장 아름다운 섬으로 손꼽히는 시칠리아는 지리적 이점 때문에 여러 민족의 패권 다툼이 치열했다. 로마제국에서 비잔틴제국으로, 튀니지 아랍인의 이슬람 세력으로 지배권이 이동하는 과정에서 매우 선진적인 문화를 경험했고 이슬람 문화와 강하게 연결되었다. 이러한 역사적 배경으로 파스타 제조에 적합한 듀럼밀의 곡창지대 시칠리아에서 아랍인의 국수 이트리야(Itriya)가 건조 파스타로 탄생했고, 이후 노르만족이 지배하면서 시칠리아 밖으로 전파되었다. 그러나 이탈리아 북부 사람들은 한동안 건조 파스타를 꺼렸다고 한다. 파르메산 치즈 대신 토마토소스를 이용하면서 비로소 즐겨 먹게 되었다고 하니 이탈리아 전역에서 건조 파스타를 먹게 된 역사는 그리 길지 않다.

　고등학교를 졸업한 뒤 나는 마음을 나눌 단짝 친구도, 뚜렷한 목표도 없이 끝 모를 열등감과 무력감에 시달리며 대학에 다녔다. 수업 시간이면 참을 수 없이 졸음이 쏟아지는 통에 책상에 엎어져 내리 세 시간을 잔 날도 있다. 강의 내용이 단 한 문장도 귀에 들어오지 않았고, 원서로 된 전공 서적의 단 한 줄도 이해하지 못한 채 지진아가 된 기분으로 멍하니 강의실에 앉아 있었다. 이렇게 대학 1학년을 보내고 도피하듯 뉴욕으로 어학연수를 떠났다.

　학기가 시작되고 얼마 지나지 않아 향수병 때문인지 지독한 감기 몸살에 걸렸다. 꼼짝없이 누워 학교를 결석했더니 다음 날 이탈리아에서 온 같은 반 친구 스텔라가 기숙사 방으로 전화를 했다. 내 상태가 심각하다고 느꼈는지 스텔라는 한달음에 기숙

사로 달려와 걱정스러운 눈빛으로 바라보다가 이내 이탈리아 사람들이 집에서 먹는 비법 수프를 끓여주겠다고 했다.

우선 앤디 워홀의 그림에서 보던, 빨간색과 흰색의 대비가 선명한 캔에 담긴 캠벨의 치킨 브로스 수프(chicken broth soup)를 냄비에 붓고 한소끔 끓였다. 그리고 따로 삶아둔 나선형 홈이 촘촘히 파인 푸실리를 그 국물에 넣었다. 스텔라의 눈에는 아마도 내가 국수 가락이 긴 스파게티 면을 들어 올릴 힘조차 없어 보였던 모양이다. 다정한 친구의 배려가 푸실리의 섬세한 홈을 따라 진한 닭 육수와 함께 깊숙이 배어들었다.

이역만리 타국에서 같은 이방인 처지의 친구가 끓여준 위로의 음식. 스텔라의 치킨누들파스타는 영어가 유창하지 않던 둘 사이에 놓인 언어 장벽마저 스르르 녹여주었다. 그리고 거대한 마천루 사이로 차디찬 바람이 살을 에일 듯 불던 날에도 내 영혼을 따스하게 위로해주었다.

미국에서 돌아와 복학할 즈음 서울 양재동에 'TGI 프라이데이스'라는 대형 패밀리 레스토랑이 들어섰다. 말이 패밀리 레스토랑이지 가족의 외식보다는 연인들의 데이트와 소개팅 명소였다. 이곳에 그 시절 내가 가장 좋아하던 파스타 메뉴가 있었다. '치킨 알프레도 페투치네'. 이 메뉴의 두 가지 미덕은 '알프레도'

라는 소스와 '페투치네'라는 파스타 면이다.

알프레도 소스는 마늘과 양파를 넣은 크림소스인 카르보나라와 달리 채소를 거의 넣지 않고 크림과 버터, 치즈만으로 만드는 화이트소스다. 이 메뉴를 팔던 로마의 유명 레스토랑 주인의 이름이 바로 알프레도 디 렐리오(Alfredo di Lelio)였고, 이를 먹고 미국으로 돌아간 여행객들이 이 소스를 알프레도라고 부르기 시작한 데서 유래한다. 페투치네는 '작은 리본'이라는 귀여운 이름을 가진, 우리의 칼국수와 흡사한 파스타다.

그런가 하면 내가 가장 즐겨 만드는 파스타는 요리 학교 원장 선생님에게 배운 '스파게티 알라 푸타네스카'다. 푸타네스카는 토마토소스에 안초비, 올리브, 페페론치노 같은 자극적인 맛을 내는 재료를 더해 만드는데, 우리 입맛에도 아주 잘 맞는다. 이 소스는 한번 맛보면 계속 당기는 중독성이 있다. '푸타네스카'는 이탈리아어로 '매춘부'라는 뜻인데, 이 요상한 이름의 파스타는 탄생에 얽힌 스토리가 다양하다. 매춘부들이 직업상의 이유로 마른 몸매를 유지해야 했기에 육류를 넣지 않은 파스타를 먹기 위해 만들어졌다는 설이 있고, 일을 마치는 시간이 늦다 보니 빨리 해서 먹을 수 있는 형태로 개발된 것이라는 이야기도 있다. 나폴리가 고향인 요리 학교의 원장 선생님은 파스타 만드는 시간만 되면 유독 나를 예민하게 주시하셨다. 물이 끓고 면을 넣으면 큰 소리로 나를 재촉하기 시작했다.

"너희 나라에서 먹는 국수와 달라!"

"면을 꺼내는 타이밍을 절대 놓쳐서는 안 된다고!"

원장 선생님이 그토록 집착하던 '알 덴테(al dente)'. 원장 선생님의 알 덴테에 대한 강박의 영향인지 나도 파스타의 맛을 좌우하는 기준을 면의 식감, 즉 삶은 정도로 삼는다. 제아무리 소스가 화려해도, 정성껏 반죽을 밀어 만든 프레시 파스타든, 품질 좋은 드라이 파스타든 그런 것은 문제가 되지 않는다. 무르지 않은 알 덴테의 파스타여야 한다. 파스타 면을 알 덴테로 삶는 데는 요령이 필요하다. 깊은 냄비에 물을 넉넉히 붓고 팔팔 끓인다. 물을 끓이면서 굵은 소금을 과하다 싶을 정도로 넣는다. 국수에 간이 배일 정도의 농도여야 한다. 물이 끓으면 국수를 좌르륵 부챗살처럼 냄비 벽을 따라 펼쳐 넣는다. 익히는 시간을 대개 7~9분으로 잡지만 사실 이는 중요하지 않다. 국수의 겉은 부드럽고 안은 하얀 심지가 약간 보여 이에 씹히는 식감을 느낄 수 있는 상태, 이것이 알 덴테다. 시간이 아니라, 이런 상태가 될 때까지 면을 삶는 것이 핵심이다. 혹자는 파스타 면을 삶을 때 서로 붙지 않도록 끓는 물에 올리브 오일을 몇 방울 넣기도 하고, 다 삶은 후 뜨거운 상태에서 면을 올리브 오일로 코팅하기도 하지만, 내 경험상 이 방법은 바람직하지 않다. 나중에 파스타

소스가 면에 완벽히 스미는 데 오히려 방해가 된다.

불현듯 파스타가 먹고 싶다. 분명히 지나온 일인데도 정말 그
랬던가 싶은 기억들이 있다. 어쩐지 파스타를 앙껏 먹고 나면 지
나간 20대의 아련한 기억이 풋풋한 영화처럼 되살아날 것 같다.
파스타와 청춘, 별 연관이 없을 것 같은 두 가지가 내 추억 속에
서 하나로 이어진다.

짬뽕 국물로

청춘의 막막함을 달래며

우리나라가 IMF 외환 위기로 내몰린 1990년대 말, 나는 미국 동부에 위치한 보스턴에서 요리 학교에 다녔다. 다니던 직장을 그만두고 당시 청담동에 하나둘씩 생겨나던 '시안'과 '그랜드 하바나' 같은 퓨전 퀴진 레스토랑의 기획자를 꿈꾸며 요리 학교 유학을 결심했을 때, 아버지는 아무 말 없이 학비를 내주셨다.

그렇게 제 손으로 밥을 짓기는커녕 겨우 라면이나 끓이고 달걀프라이 정도 하는 실력으로 요리 학교에 입학했다. 엄마는 딸 셋 중 장녀인 내가 초등학교에 다닐 때부터 공부를 곧잘 하자 의사가 되기를 바라셨다. 의사는 엄마의 어릴 적 꿈이었다. 엄마의 기대에 어긋나지 않게 열심히 앞만 보고 매진했지만, 고3이 되면서 돌연 이상 징후가 나타났다. 원인을 알 수 없는 두통과 극심한 위경련에 내내 시달렸고, 성적이 들쑥날쑥 종잡을 수 없었다. 당초 목표보다 낮춰 지원한 대학의 의예과에 낙방하고 결국 2지망 학과에 합격했다. 엄마는 한순간에 나에 대한 모든 기대를 접고 재수하려는 나를 만류했다. 일류가 되겠다고 악바리로 살아온 내 인생이 갑자기 이류로 전락하는 것만 같았다. 그렇게 20대 초중반에 때늦은 질풍노도의 시기를 보냈다. 의사가 되겠다는 목표가 없어지자 어떻게 살아야 하는지 도무지 방향을 잡을 수 없었다. 10대의 시간을 대부분 국영수 공부에 바치다 보니 미처 내가 어떤 사람인지 살펴볼 기회가 없었다. 무엇을 좋아하고 싫어하는지, 무엇을 할 때 행복한지, 나 자신이 어떤 사람인지 정체성조차 알지 못했다. 그러다 20대 후반에 처음으로 가슴 뛰는 일을 찾은 것이 요리 학교 유학이었다.

그렇게 나름대로 포부를 안고 떠나왔지만 오후 4시면 해가 지는 보스턴의 겨울은 유난히 길고 추웠고, 나는 심한 우울감에 시달렸다. 설상가상으로 학기가 시작되고 얼마 지나지 않아 내가 셰프로서 자질이 부족하다는 사실을 바로 깨달았다. 악보를 잘 보고, 악기 연주에 능숙하고, 화성학을 공부했다고 해서 누구나 작곡을 할 수 없듯이, 내가 다양한 조리 기술을 익혀 레시피대로 곧잘 따라 만든다 하더라도 맛을 상상해내거나 창조

할 수 있는 역량은 없다는 사실을 말이다.

그 어떤 방법으로도 좌절과 향수를 달랠 길 없는 막막한 시간이 이어졌다. 그러던 어느 날 매주 장을 보러 가던 한인 마트 앞에 새로 개업한 한국식 중국집을 발견했다. 엄동설한의 보스턴 한복판에서 한국식 중국집을 발견했을 때의 반가움이란! 그리고 '마치 무엇에 홀린 듯' 그 집으로 들어가 먹었던 짬뽕의 맛은 20여 년이 훌쩍 지난 지금까지 뇌리에 생생하다. 국물 한 숟갈에 눈 녹듯 스르르 사라지던 헛헛함, 매콤한 향에 어느새 풀어진 꽁꽁 얼었던 마음 한구석…. 짬뽕을 먹는 그 1시간 남짓한 사이에 마치 가족과 친구들이 있는 고향에 다녀온 것만 같았다. 한 그릇의 음식이 얼마나 큰 위로와 위안을 주는지 절실히 깨달은 순간이다.

그 당시 보스턴에도 비싸긴 했지만 갈비, 불고기, 비빔밥, 냉면 등을 파는 한식당이 있었고, 그 음식을 못 사 먹을 정도로 형편이 어려운 것도 아니었다. 그러나 대표적인 한식이지만 일상적이지 않은 그 음식들은 어쩐지 짬뽕과 달리 내 마음을 어루만져주지는 못했다.

짬뽕의 발상지는 일본의 나가사키다. 일본은 에도막부 시절이던 1571년에 포르투갈 선박이 나가사키항에 입항해 교역을 요구하면서 개항했고, 나가사키에는 빠르게 서양 문물이 유입되었다. 그러나 이후 무역선과 함께 흘러 들어온 기독교가 빠르게 퍼지자 위협을 느낀 막부는 전파를 막기 위해 쇄국정책을 강화했다. 이때 무역과 포교를 분리했던 네덜란드만 교역을 허락하며 나가사키의 데지마에 인공 섬을 조성해 일본 내에서 유일하게 창구를 열어두었다. 그리하여 나가사키는 17세기 일본에서 유일하게 서양과 교류가 가능한 항구도시가 되었다. 덕분에 이 지역에는 서양 음식이 유입되어 '카스텔라'와 '덴푸라' 같은 신메뉴가 탄생했다.

당시 나가사키에는 일본과 지리적으로 가까운 푸젠성 출신 중국인 하생들이 많이 유학을 와 있었는데 이들이 형편이 어려워 자주 식사를 거르곤 했다. 이를 안타깝게 여긴 중국요리점 '시카이로(四海樓)'의 창업자 천핑순(陳平順)이 1899년에 이들에게 값싸고 영양가 높은 요리를 제공하기 위해 최초로 짬뽕을 선보였다고 한다. 각종 채소와 쓰고 남은 고기 자투리 등을 볶아 뽀얗고 진한 육수를 내고 중국 면을 푸짐하게 넣은 면 요리였다. 양도 많고 영양가가 높아 점차 중국 유학생뿐만 아니라 나가사키 사람들에게 사랑받더니 일본 전국으로 널리 퍼지게 되었다.

'밥 먹었어?' 혹은 '밥을 먹다'라는 뜻의 중국어는 '츠판(吃饭)'

이다. 일본인들이 이 발음을 오인해 '찬폰'으로 불렀고, 한국으로 건너오면서 '짬뽕'으로 변했다는 것이 민속학자 주영하 교수의 견해다. '섞다, 혼합하다'라는 의미의 포르투갈어에서 왔다는 설도 있으나 근거가 다소 빈약하다.

한국의 짬뽕은 이 나가사키의 화교 음식이 빨갛고 매운 것을 좋아하는 우리 입맛에 맞게 변형된 것이다. 처음 만들어 먹기 시작한 곳은 인천 차이나타운인데, 당시 제물포 인근의 중국인들이 수레에 화로를 가지고 다니며 즉석에서 채소를 볶아 육수를 부어 만들어서 팔았다고 한다.

짬뽕과 함께 보스턴에서 즐겨 먹던 추억의 음식으로 '퍼(phở)'라고 부르는 베트남 쌀국수가 있었다. 그다지 좋아하지는 않지만 어쩌다 술자리에 갈 일이 생기면 적극적으로 분위기에 동조하는 성격이다 보니 다음 날이면 꼭 쓰린 속을 풀어야 했는데 그때 항상 찾았던 음식이다. 퍼는 당시 많은 한국 유학생이 첫손에 꼽는 해장 음식이었다.

소나 닭의 뼈를 팔각과 고수씨 같은 향신료와 함께 푹 고아 만든 맑은 곰탕 국물에 쌀국수를 넣고 소고기, 닭고기, 해산물, 숙주, 양파, 라임, 고수 등을 고명으로 얹어 먹는다. 이 음식이 본격적으로 상업화된 것은 베트남 분단 이후로, 그리 오래되지

Chapter 2. 나의 음식

않았다.

퍼는 19세기 말 이후 베트남 북부 하노이 지방에서 시작된 면 요리다. 퍼의 기원은 정확하게 밝혀지지 않았지만 몇 가지 설이 회자된다. 첫째는 고기와 채소를 삶은 맑은 수프인 프랑스 요리 포토푀(pot-au-feu)'와 베트남 쌀국수가 만났다는 것이다. 원래 농경민족인 베트남인에게 소는 중요한 생산수단이기 때문에 잡아먹지 않았으나, 프랑스 식민 시기를 거치며 소고기 조리법이 전해져 쌀국수에 소고기를 넣게 된 것이라고 한다. 둘째는 그보다 먼저 중국 광동탕면이 베트남 북부 지방으로 전해지고, 남쪽으로 이동하는 과정에서 각 지역 특유의 맛이 더해져 오늘날의 퍼로 완성되었다는 것이다. 그 밖에 퍼가 하노이 남쪽의 남딘 지방에서 먹던 전통 음식이라는 설도 있다. 하노이가 공산화되면서 이 지역의 식당주들이 남쪽으로 피란을 가게 되었고, 이후 사이공에서 쌀국수 식당이 성업을 이루었다.

쌀국수는 베트남에서만 먹는 음식이 아니다. 벼를 재배하는 중국 남부를 비롯해 동남아시아 일대에서 아주 오래전부터 흔하게 먹었다. 그러나 분단 이후 베트남이 공산화되고 수많은 베트남인이 보트피플이 되어 해외로 이주하면서 생계유지를 위해 현지에서 쌀국숫집을 열면서 서구 사회에까지 널리 퍼져나간 것이다.

라임 반 개를 쭉 짜 넣은 쌀국수의 맑은 곰탕 국물에 호이신 소스와 스리라차 소스를 1:1 비율로 더하고 고수를 듬뿍 올리면 감칠맛이 진한, 해장에 일품인 국물이 된다. 해장은 장국으로 숙취[酲]를 푼다[解]는 뜻으로 '해정'에서 유래했다. 따라서 해장은 숙취 해소의 한 방법인데 그 역사는 100년 남짓으로 그리 길지 않다. 조선 시대 이후 상업 식당이 등장하면서 시작되었다.

사실 숙취로 괴로울 때 가장 간절한 것은 설렁탕 한 그릇에 만 흰쌀밥과 잘 익은 깍두기였지만, 당시 보스턴에는 설렁탕을 파는 식당이 없었다. 아쉬운 대로 쌀국수 국물 한 숟갈에 국수 한 젓가락을 후루룩 넘기면 울렁이던 속이 어느새 가라앉았다.

돌이켜보면 20대 말의 나는 무한할 것 같던 젊음을 겁 없이 누리면서도, 그 무한한 가능성에 짓눌리곤 했다. 그때 나를 지탱해준 것은 음식을 즐기며 행복을 느낄 줄 아는 재능이었다. 음식은 단순히 생존 수단만이 아니라 위로를 주고, 소속감과 동질감을 느끼게 하며 시공간을 초월해 장소와 경험을 연결한다. 그래서 음식을 추억의 예술이라고 하는 것이리라.

행복이 모든 인생사가 향하는 종착지는 아니다. 행복하기 위해 살기보다는, 살아가기 위해 행복을 느껴야만 한다. 행복은 견디고 버텨야 하는 일상을 살게 하는 수단으로 존재한다. 그리고 찾아볼 마음만 있다면, 이 행복은 누구나 매일 먹는 음식을 통해 발견할 수 있을 것이다.

딤섬,

내 마음에 점을 찍다

내겐 큰 실천이 필요한 작은 꿈이 있다. 전 세계 만두를 탐험하고, 만두에 관련된 재미난 이야기와 유서 깊은 만둣집의 이야기를 모아 책으로 엮는 것이다. 나는 전생에 중국 사람이 아니었을까 싶을 정도로 중국 음식을 사랑한다. 그중에서도 특히 좋아하는 것이 만두! 삼시 세끼를 모두 만두로 먹을 수 있을 만큼 만두 사랑이 유별나다. 만둣국보다는 모락모락 김이 오르는 찜통에 찐 만두를 더 좋아하고, 김치와 두부가 들어 있는 한국식 만두보다 다양한 재료로 변주가 가능한 중국식 만두를 선호한다.

딸아이가 네 살 될 때까지 돌봐주셨던 분이 중국 지린성 출신이었다. 이분이 중국 만두를 자주 해주었는데, 향긋한 셀러리와 구수한 돼지고기를 도톰한 피로 감싼 그 만두를 무척이나 좋아했다. 기억을 더듬어보면 나의 중국 만두 사랑은 이보다 훨씬 전부터 시작되었다. 1990년대 말 요리 학교를 다니던 시절 알고 지내던 한 선배가 보스턴 차이나타운의 유명한 만둣집에 나를 데리고 갔다. 이곳에서 샤오룽바오(소룡포)와 단박에 사랑에 빠졌다. 샤오룽바오는 '작은 찜통에 찐 만두'라는 뜻으로 19세기 중반에 상하이의 한 만둣집에서 탄생했다.

마치 나만 알고 있는 비밀을 네게도 알려준다는 듯 선배는 그날 약간 으스댔던 것 같다. 국 숟가락인 탕츠에 만두를 얹어 젓가락으로 조그맣게 구멍을 내 흑초를 넣은 간장과 생강채를 조금 얹어 먹으라며 먹는 방법까지 세세히 일러주었다. 선배를 따라 만두를 입안에 넣고 나서 곧바로 왜 구멍을 내야 하는지 실감했다. 만두가 그리 뜨거운 육즙을 품고 있을 줄이야! 그대로 먹었다면 입천장이 데이는 불상사를 겪었을 것이다. 돼지고기 향이 고스란히 살아 있는 육즙에 알싸한 생강채와 흑초가 회심의 일격을 더하면서 만들어진 호화로운 대륙의 맛. 상하이 요리의 꽃이라 불리는 샤오룽바오와 첫사랑에 빠진 보스턴 차이나타운의 허름한 만둣집을 아직도 잊을 수 없다.

잘 알다시피 만두의 본고장은 중국이다. '만두'라는 말은 중국어의 '만두(饅頭)'에서 나왔다. '만(饅)'은 속인다는 뜻의 만(瞞)과 음이 통하고 '두(頭)'는 머리를 뜻한다. 즉 머리로 속인 것이 만두다. 원래는 오랑캐 만(蠻)을 썼다가 지금의 글자로 바뀌었다고 하는데, 이 유래를 설명해주는 이야기가 《삼국지》에 나온다. 촉나라의 재상이던 제갈공명이 남만 정벌을 끝내고 촉나라로 돌아가는 길에 노수라는 강에 이르렀다. 이때 갑자기 사람과 수레가 떠내려갈 만큼 엄청난 강풍이 불어닥치고 물결이 거세어 강을 건널 수 없었다. 이를 이상히 여긴 제갈공명이 자신의 심복이 된 남만의 지도자 맹획에게 물으니 이 지방에서는 강물의 물결과 바람이 거셀 때 사람의 목 49개를 제물로 바쳐 제사를 지낸다고 답했다. 제갈공명은 더 이상 사람을 희생시킬 수 없다며 사람의 목 대신 밀가루 반죽에 소고기와 양고기로 속을 채워 사람 머리 모양으로 만들어 고사를 지냈다. 그러자 바람이 멈추고 강물도 잔잔해져 군대가 무사히 강을 건널 수 있었다. 이때부터 이렇게 만들어 찐 것을 만두라 부르게 되었다고 한다.

우리나라에서는 소를 밀가루 피로 감싸 만든 것을 모두 만두라고 하지만, 중국에서 만두, 즉 만터우는 속에 아무것도 들어 있지 않은 꽃빵 같은 것이다. 우리가 흔히 먹는 만두 형태를 띠는 것은 중국말로 교자, 자오쯔라고 한다. 만두가 중국에서 우

리나라로 유입된 시기는 고려 시대로 추정하는데,《고려사》효
행 열전에 나오는 다소 엽기적인 효자 일화를 바탕으로 만두소
에 처음부터 고기를 쓴 것을 짐작할 수 있다.

우리가 흔히 먹는 중국 만두는 군만두와 물만두인데, 중국인
들은 물만두를 격이 높은 것으로, 군만두는 격이 낮은 것으로
친다고 한다. 주인이 먹다 남긴 물만두를 하인이 구워 먹은 데
서 군만두가 탄생했기 때문이다.

만두 이야기를 하면 딤섬을 빼놓을 수 없다. 사실 딤섬은 만
두만 지칭하는 것이 아니고, 주로 차와 함께 즐기는 간식이나
한입 크기의 음식을 총칭한다. 그러니 딤섬은 음식 이름이라기
보다 음식의 유형 혹은 형식이라고 하는 것이 타당할 것이다. 서
양의 핑거 푸드 정도로 생각하면 될 듯하다. 딤섬은 찌기, 튀기
기, 부치기, 삶기, 굽기 등 다양한 조리법으로 만든 작은 음식들
로 구성되는데 그 종류가 200여 가지에 이른다. 그중 가장 많이
먹는 것이 만두 종류이기에 만두가 딤섬으로 알려졌을 뿐이다.
홍콩인들은 '딤섬을 먹는다'라고 하지 않고 '얌차(飮茶) 한다'라
고 말한다. 얌차는 딤섬과 함께 차를 즐긴다는 뜻으로, 딤섬보
다는 차에 방점을 찍은 것이다. 딤섬은 차보다 만두에 더 관심을
두며 딤섬을 먹기 위해 차를 마시는 외국인의 용어다.

딤섬 레스토랑에 들어가 자리에 앉으면 먼저 차를 주문한다. 일반적으로 재스민차를 많이 선택하지만, 발효차의 일종인 보이차를 주문할 수도 있다. 차가 나오면 본격적으로 먹고 싶은 딤섬을 수레에서 고른다. 종업원들이 널따란 실내의 테이블 사이사이로 작은 수레에 다양한 딤섬을 담아 밀고 다니는데 손님은 자신이 좋아하는 메뉴가 담긴 접시를 골라 먹으면 된다. 그때마다 종업원은 테이블 위에 놓인 종이에 손님이 고른 딤섬의 종류를 적어둔다. 다 먹고 나갈 때 이 종이를 가지고 가서 계산하면 된다.

속이 은은하게 비치는 반투명한 전분 피로 새우 살을 감싸고, 피에 12개 이상의 주름을 머리빗 모양으로 잡아 빚은 하가우, 다진 돼지고기와 새우 살로 만든 소가 보이도록 위를 터놓은 사오마이, 바삭하게 튀긴 스프링롤, 다양한 육류와 해산물로 만든 소를 쌀로 만든 피로 감싸 간장 소스를 뿌린 창펀 등이 보통 한국인이 선호하는 만두 종류다. 그 밖에 한입 크기로 썰어 짭조름하게 양념해 튀긴 돼지갈비, 연잎에 싸서 찐 닭고기찰밥, 굴소스를 곁들인 차이신, 마지막에 입가심으로 먹는 투명한 젤리 등 일일이 나열할 수 없을 만큼 다양한 종류의 작은 요리들이 딤섬을 즐기는 이들의 손과 눈과 입을 연신 바쁘게 한다.

이 중에서 내가 가장 좋아하는 것은 포크 번이다. 광둥어로는 차슈바오라고 한다. 꿀과 중국식 바비큐 소스로 달콤하고 짭짤하게 조린 돼지고기를 소로 넣은 폭신한 찐빵 같은 만두다. '바오'는 중국어로 '감싸다'라는 의미다. 이 만두는 중국요리와 서양 음식의 영향을 모두 받은 퓨전 스타일로 홍콩과 중국 본토에서 차와 함께 아침이나 브런치로 즐겨 먹는다. 만두는 국수와 마찬가지로 동서양을 이어준 음식이다. 러시아의 펠메니, 폴란드의 피에로기, 이탈리아의 라비올리, 튀르키예와 아르메니아의 만티 등은 중국의 만두가 한때 동서양을 정복했던 몽골군의 원정 길을 따라 유럽과 튀르키예, 중동에까지 전파되어 현지화된 것으로 추정한다.

딤섬의 역사는 3,000여 년 전 고대 중국으로 거슬러 올라간다. 딤섬은 고대 농경 사회에서 고된 농사일을 마친 농민들이 삼삼오오 모여 차를 마시면서 담소도 나누고 하루의 피로를 풀던 풍습에서 비롯되었다고 한다. 초기에는 차를 마실 때 곁들이는 간단한 간식이었는데, 시간이 지나면서 한층 정교하고 다양해졌다. 기록에 따르면 딤섬은 실크로드를 따라 여행하는 상인과 여행자에게 휴식과 영양을 제공하기 위해 상업화되었다고 알려져 있다. 중국 광둥 지방에서 시작되었기 때문에 광둥성과 특히 그 주도인 광저우(구 캔턴)가 딤섬 문화의 중심지라고 할 수 있다. 아시아 금융의 중심지이자 영국의 식민지였던 홍콩에서 딤섬을 접한 이들이 자기 나라에 소개하면서 이후 전 세계로 퍼져나갔다. 이제 딤섬은 길거리 분식집부터 호텔 고급 식당까지 어디서든 즐길 수 있는 요리로 명성을 떨치고 있다.

중국인들은 일상적으로 친구나 가족끼리 모여 이야기를 나누며 차를 마시고 다양한 딤섬을 즐긴다. 딤섬의 어원을 좀 더 넓게 보면 '마음을 어루만지다' 혹은 '마음에 닿다'라는 뜻으로 해석할 수 있는데, 이는 딤섬이 중국인들에게 단순히 음식을 넘어 정서적이고 문화적인 의미를 품고 있음을 짐작하게 한다.

유학 시절 내게도 딤섬은 '위로'였다. 주말 아침 느지막이 일어나 차이나타운의 딤섬 레스토랑에서 친구들과 삼삼오오 모여 서로 주중의 소소한 일상을 전하며 브런치를 즐겼다. 타국에서 유학생 신분으로 부딪히는 한계와 늦은 나이에 시작한 도전에서 실패하면 안 된다는 중압감으로 지친 나를 위로하는 의식이었다. 지금도 나는 해외여행을 가면 으레 차이나타운의 딤섬 레스토랑을 찾는다. 일상에서 벗어나 여행지의 이국적 정서를 느끼며 평소에는 결코 맛볼 수 없는 다양한 만두와 각종 중국요리를 골라 먹는 즐거움을 만끽한다.

나는 우리나라에서도 이 행복을 누릴 수 있기를 항상 꿈꾼다. 물론 몇몇 딤섬 전문점과 중국 만둣집이 있지만 홍콩이나 미국

차이나타운의 맛과 분위기를 떠올리면 못내 아쉽다. 올해는 인천 차이나타운에 본토 수준의 딤섬 전문점이 생긴다는 소식을 들을 수 있으면 좋겠다는 바람을 품어본다.

유브 갓 베이글

You've got bagel

종로구 런던동이라는 새로운 행정구역이 생겨났다는 우스갯소리가 있을 정도로 '런던 베이글 뮤지엄'은 우리나라에 엄청난 베이글 열풍을 몰고 왔다. 런던과 베이글? 도무지 이해가 되지 않는 조합이다. 왜 베이글 앞에 런던이 소환되었을까? 런던은 베이글과 아무런 연고가 없다. 아마도 기획자의 상상력으로 만들어진 이름일 것이다.

내게 베이글은 곧 뉴욕이다. 처음 베이글을 접한 건 잠시 뉴욕에서 학교를 다닐 때였다. 뉴욕 대학교(NYU)는 캠퍼스가 없이 맨해튼의 여러 빌딩 안에 강의실이 있었다. 매일 아침 등교 시간이면 강의실이 있는 빌딩 앞 길가에 어김없이 커피와 도넛,

베이글을 파는 작은 푸드 트럭이 있었다. 구멍 뚫린 모양만 보고 도넛인 줄 알고 같은 반 친구를 따라 주문했던 베이글은 질기다 못해 딱딱한 빵이었다. 반으로 가른 빵 사이에는 눈처럼 하얀 크림치즈가 빵 반쪽의 두께만큼 채워져 있었다. 인생 첫 베이글을 절반도 먹지 못한 채 그대로 휴지통에 버리고 말았다. 하지만 지금은 그 시절의 뉴욕을 추억하게 하는 최애 음식이 되었다.

우리나라 외식 시장에서 베이글은 저평가된 품목이었다. 잠재력은 있으나 몇 가지 이유로 성장성에 한계가 있다는 평가를 받았다. 가장 큰 걸림돌은 베이글의 질긴 식감이다. 그럼에도 최근 몇 년 사이 베이글은 이곳저곳에서 날개 돋친 듯 팔리는 인기 아이템이 되었다. 이들 베이글은 내가 기억하는 뉴욕의 베이글과 사뭇 다르다.

베이글은 이스트를 넣어 발효시킨 반죽을 오븐에서 굽기 전에 끓는 물에 한 번 데치는 과정을 거친다. 이 과정에서 베이글의 가장 큰 특징인 밀도 높은 쫄깃한 식감과 윤기 나는 표면이 완성된다. 베이글은 반죽을 데치는 과정에서 발효가 억제되어 충분히 부풀지 못하기 때문에 쫄깃하다 못해 살짝 질겨진다. 전문가들은 이러한 베이글의 질긴 식감이 폭신한 빵을 좋아하는 국내 소비자에게 외면당하는 요인이 될 것이라 예상했다.

단맛이라고는 없는 베이글의 담백한 맛도 매력적이지만은 않다. 언제부터인지 외식업계에 '식사 빵'이라는 용어가 등장했다. 하지만 빵이 본디 서양의 밥과 같은 것으로 원래 식사 때 먹는 것이라 '식사'라는 단어를 붙이는 것은 적절하지 않다. 우리는 주로 빵을 간식이나 디저트로 소비한다. 팥빵, 소보로빵, 슈크림빵 그리고 요즘 한창 유행인 생크림빵 같은 종류는 단맛이 강해 식사로 먹기에는 알맞지 않다. 이런 맥락에서 사워도나 호밀빵 등은 단맛이나 특별한 맛이 없어 쌀밥처럼 식사 대용으로 먹을 수 있기 때문에 식사 빵이라고 부르는 것이다. 그렇기에 식사 빵은 빵 대신 밥을 주식으로 하는 한국인의 식생활에서 간식 빵에 비해 소비 빈도가 현저히 떨어질 수밖에 없다. 소위 잘 팔리기가 어려운 것이다. 요사이 우리나라의 베이글은 식빵같이 폭신하고 토핑의 종류도 다양하다. 이런 현지화 전략이 베이글을 국내에 안착시킨 것이리라 확신한다.

본래 베이글은 유대인의 음식이다. 정확히는 유럽 중동부에 거주하던 유대인의 전통 음식으로, 유대인 사이에는 출산한 여성에게 베이글을 선물하는 관습이 있었다고 한다. 베이글이란 이름은 그들의 언어인 이디시어로 '반지'나 '고리'를 뜻하는

Chapter 2. 나의 음식

'beygl'에서 유래했다. 베이글의 구멍은 열전도율을 높여 빵을 속까지 고르게 익히는 효과가 있을 뿐 아니라 이 구멍에 기다란 막대기를 수직으로 꿰어 진열하기에도 용이하다.

이슬람법으로 모슬렘에게 허용된 음식이 '할랄 식품(halal food)'이라면, 유대인 율법으로 유대인에게 허용된 음식은 '코셔 푸드(kosher food)'다. 동물성 식품과 유제품을 동시에 먹는 것을 금하는 유대인의 규율인 코셔 때문에 주식으로 먹는 유대인의 빵에는 우유나 버터를 넣을 수 없다. 고기를 곁들여 식사를 하기 때문이다. 따라서 베이글은 밀가루, 물, 소금, 이스트로만 만든다. 이 담백한 빵을 고기와 먹지 않을 때는 심심한 맛 때문에 크림치즈를 듬뿍 바르거나 샌드위치로 만들어 먹는다. 베이글샌드위치에 연어를 넣는 것도 육류와 유제품을 함께 먹지 못하도록 금하는 코셔의 율법 때문이다. 크림치즈를 바르기 때문에 육류가 아닌 염장 연어를 곁들이는 것이다. 처음 내가 베이글에 매료된 것도 베이글 자체가 아니라 염장 연어를 갈아 넣은 크림치즈의 짭쪼름한 맛 때문이었다.

동유럽 유대인의 음식인 베이글은 19세기에 들어 유대인에 대한 차별과 박해가 러시아를 비롯해 전 유럽으로 확대되자 유대인이 이를 피해 미국으로 집단 이주하면서 뉴욕에 정착했다. 적은 돈으로 생계를 유지하기 위해 그들이 할 수 있는 사업은 베이글을 만들어 파는 것이었다. 그런 이유로 뉴욕은 베이글의 성지가 되었다.

금욕적 문화에서 탄생한 유대인의 베이글이 세계화되면서 그 맛과 재료도 많이 변형되었다. 특히 우리나라에 들어오면서 토핑이 한층 다채로워졌으며, 코셔 율법을 따르지 않아도 되는 만큼 반죽에 버터, 우유, 설탕 등을 넣어 식감을 부드럽게 하고 기름진 풍미를 더했다.

뉴욕과 베이글을 생각하다 보니 떠오르는 영화가 있다. 뉴욕을 배경으로 하는 유명 영화와 드라마가 수없이 많지만, 내 기억 속에 각인된 뉴욕의 모습을 가장 애틋하게 상기시키는 작품은 〈유브 갓 메일(You've Got Mail)〉이다. 이 영화에는 뉴요커들의 디저트 성지라는 '카페 랄로(Cafe Lalo)'를 비롯해 어퍼 웨스트사이드의 핫 스폿이 많이 등장하는데, 그중 꼭 소개하고 싶은 곳이 '자바스(Zabar's)'다.

자바스는 1934년에 유대인 부부가 문을 연 고급 식료품점으로, 지금까지도 뉴욕 미식가들 사이에서 인정받으며 명성을 이어가고 있다. 자바스의 최고 인기 상품은 훈제 연어지만, 이곳의 베이글 또한 종류가 다양하고 맛과 식감이 풍부해 뉴욕 베이글의 최고봉으로 손꼽힌다. 매일 아침 일찍부터 베이글을 사기 위해 모여든 뉴요커들이 가게 앞에 문전성시를 이룬 장면을 보면 그 인기를 실감할 수 있다.

"플레인 베이글, 스프레드 위드 스모크트 새먼 크림치즈, 노 토스팅 플리스.(Plain bagel, spread with smoked salmon cream cheese. No toasting please.)"

카운터 앞에 길게 늘어선 줄을 따라가던 뉴요커가 자기 차례에 이르면 종업원 앞에서 자신의 취향을 자신감 넘치는 목소리로 외친다. 이렇게 주눅 들지 않고 그들처럼 주문할 수 있게 되기까지 꽤 오랜 시간이 걸렸지만, 그런 순간엔 가끔씩 진짜 뉴요커가 된 듯한 착각에 빠지곤 했다.

나는 도시 남녀의 러브 스토리에 쉽게 매료되는 편이다. 도시 남녀의 데이트에는 미식이 빠질 수 없고, 뉴욕은 전 세계 미식가들이 사랑하는 도시다. 물론 많은 사람이 파리를 최고의 미식 도시로 지목하고, 이에 동의하지 않는 것은 아니지만 뉴욕과 파리는 각자 서로 다른 미식의 상징성을 품고 있다. 파리가 전통적이고 우아한 맛의 성지를 대표한다면, 뉴욕은 현대적이고 도전적인 미식의 상징이다. 파리의 골목길은 정교한 프랑스 요리가 고풍스러운 풍경과 어우러져 로맨틱한 분위기를 이루지만, 뉴욕의 길거리는 세계 각국의 다양한 맛과 향기가 신선한 현대 도시의 마력이 되어 넘쳐흐른다.

섬세한 우유 거품이 독특한 시나몬 향과 절묘한 조합을 이루는 카푸치노, 진한 에스프레소와 부드러운 카카오 향이 스며든 레이디핑거 위에 우아한 마스카르포네 치즈를 올린 티라미수, 상큼한 사과의 맛과 향에 탄산이 청량하게 어우러진 애플사이다, 얄팍한 도 위에 신선한 토마토소스와 모차렐라 치즈를 풍성하게 올린 뉴욕치즈피자!

유구한 미식의 역사에 어벤저스로 남을 이 모든 것을 처음 만난 곳이 바로 뉴욕이다. 그 만남으로 나는 불가항력적으로 이 도시와 사랑에 빠질 수밖에 없었다. 맨해튼은 미식을 통해 문화적 다양성을 경험하기에 더할 나위 없는 곳이다. 20대에 그곳에서 만끽한 미식 경험은 외식 기획자로 일하던 시절에 지대한 영감을 주었다. 그 영감들을 불쏘시개 삼아 나만의 특별한 스토리를 담은 식음 공간들을 만들어낼 수 있었다.

그러고 보면 나는 뉴욕에 참 많은 빚을 졌다. 뉴욕은 나의 영원한 뮤즈다.

미스터 빅의

크루아상

쌉싸름한 아메리카노 한 모금과 입술에 닿을 때의 바삭함이 입안에서 순식간에 사라지며 한없이 촉촉하고 부드러워지는 크루아상 한 입···. 내가 아는 가장 감미롭게 아침을 시작하는 방법이다. 그윽한 향의 진한 아메리카노 한 잔과 버터만이 낼 수 있는 고급스러운 고소함을 풍기는 크루아상 하나면 비록 내가 있는 곳이 티파니 매장이 아니고, 입고 있는 옷이 블랙 미니드레스가 아닐지라도 누구나 티파니에서 아침을 먹는 오드리 헵번이 될 수 있다.

크루아상은 프랑스어로 '초승달'이라는 뜻이다. 빵 이름도 그렇지만 빵 모양도 초승달과 비슷하다. 초승달은 이슬람교의 상징으로 이슬람 국가의 국기에는 모두 초승달이 그려져 있다. 프랑스가 고향으로 알려져 있는 크루아상은 오스트리아가 오스만 제국과 벌인 전쟁에서 승리한 기념으로 만들어졌다는 설이 유력하다. 그러나 처음부터 지금과 같은 방식으로 만든 것은 아니고, 오스트리아 출신으로 프랑스 황제 루이 16세의 아내가 된 마리 앙투아네트와 함께 프랑스로 넘어온 다음 버터와 효모가 첨가되었고, 현재와 같은 크루아상이 완성되었다.

크루아상은 밀가루 반죽과 버터의 층을 번갈아 쌓아 만드는데 이 제과 기술을 '푀이타주(feuilletage)'라고 부른다. 이렇게 만든 반죽을 오븐에 넣어 구우면 버터의 지방이 밀가루의 단백질 구조를 끊어 그 사이사이로 공기가 들어가 팽창하면서 부풀어 오른다. 이렇게 만든 크루아상은 바삭한 과자의 질감과 효모가 만들어낸 촉촉한 빵의 질감을 함께 지니게 된다. 이로 인해 과자와 빵 사이 어느 지점에 있는 특별한 존재가 된다. 그런 까닭에 맛있는 크루아상이 되기 위한 핵심 조건은 버터의 품질과 양이다. 일본에서 프랑스산 에쉬레 버터로 만든 크루아상을 먹어본 적이 있는데 그야말로 천상의 맛이었다.

에쉬레 버터는 파리에서 400킬로미터 떨어진 작은 마을 에쉬레(Échiré)에서 130여 년 동안 지켜온 전통 방식으로 생산한다. 이 버터는 인근 50킬로미터 반경 내에 위치한 66개 농장에서 생산된 우유로 만드는데, 지방 함량이 보통 3.5% 정도 되는 일반 우유와 달리 5~6%에 이르는 고지방 우유이기 때문에 크리미한 질감과 풍부한 풍미가 가히 일품이다. 요즘 집에서 에쉬레 우유를 마시는데, 초등학생 아이의 입맛에도 단맛이 약간 도는 고소한 맛이 고급스럽게 느껴지는지 비싼 맛이 난다고 표현한다. 토스트에만 발라 먹어도 입안에 퍼지는 풍부한 맛과 순식간에 사르르 녹아 자취를 감추는 부드러움을 주체하기가 어려운데 그것으로 만든 크루아상이라니…. 그러나 에쉬레가 아닐지라도, 썩 괜찮은 버터를 넉넉히 넣은 크루아상 하나면 행복한 아침을 열기에 충분하다.

나는 버터에 관여도가 매우 높은 소비자 중 하나다. 일생 다이어트와 건강에 대한 염려를 달고 살면서도 일주일에 한두 번 바삭하게 구운 토스트에 버터를 듬뿍 발라 먹는 즐거움을 포기하지 못한다. 죄책감을 덜기 위해 빵은 호밀빵으로 하고 버터는 발효 버터를 선택한다. 이름난 유럽산 버터는 대개 발효 방식으로 만들어진다. 요사이는 우유를 만들 때 살균 과정을 거치기 때문에 살균된 우유에 약간의 유익한 미생물을 첨가하기 위해서 인위적인 발효 과정을 끼워 넣는다. 살균하지 않은 우유로 버터를 제조하던 전통 방식을 현대화한 것이다. 이 과정을 거친 버터는 미생물로 말미암아 소화가 더 잘되고 감칠맛은 깊어지며 풍미는 더욱 부드럽다. 우리는 흔히 버터를 서양 식재료라고 생각하는데 문헌에 따르면 우리나라에도 삼국시대부터 버터가 존재했다고 하며, 고려 후기 몽골의 침략으로 확산되었다고 한다. 조선 시대에는 북방 유목 민족 출신으로 조선에 귀화한 이들이 버터를 만들었는데, 수작업으로 버터를 만드는 일이 워낙 고되어 이들의 군역을 면제해주었다고 한다. 만들기가 까다로울 뿐만 아니라 초원이 없고 산악 지대가 대부분인 우리나라의 지리적 여건과 젖소보다는 농경에 도움이 되는 황소를 선호해 우유 생산량이 턱없이 부족한 환경적 여건 또한 버터를 생산하는 데는 극도로 취약했다고 한다. 그래서 버터는 왕과 노신들만이 보양식으로 향유할 수 있었다.

지인의 소개로 남편을 만났다. 연애할 당시 남자 친구이던 남편은 매일 아침, 집 앞 베이커리에서 아메리카노 한 잔과 크루아상을 사서 출근하는 나를 기다렸다가 회사까지 데려다주었다. 멋지게 슈트를 차려입고 출근길을 함께해주던 남편을 본 동료들은 미국 드라마 〈섹스 앤 더 시티〉 속 캐리의 연인 미스터 빅을 연상시킨다며 그를 추켜세웠다. 실제로 남편은 뉴욕에서 20년 넘게 산 재미 교포였다. 당시 아침을 먹지 않던 나는 그의 손에 들려 있는 따뜻한 아메리카노와 갓 구운 크루아상을 마지못해 받아 들었다. 그러나 그 이후로 지금까지 콘티넨털 브렉퍼스트는 나의 아침 메뉴가 되었다. 크루아상과 커피, 약간의 치즈, 과일 그리고 잼을 곁들인 유럽식 조식이, 양과 구성이 다소 부담스러운 아메리칸 브렉퍼스트와 달리 나름의 절제미가 있어 마음에 든다.

첫 만남 이후 두 번째 만남을 약속하며 남편은 당시 한창 인기를 끌던 뮤지컬 공연을 함께 관람하자고 제안했다. 뮤지컬이 열리던 극장인 예술의전당은 당시 내가 근무하는 회사가 있던 후암동에서 거리가 꽤 떨어져 있었다. 퇴근 시간 무렵 그에게서 전화가 왔다. 뮤지컬 공연 시간 때문에 저녁 식사를 제대로 하기는 어려울 듯하다며 샌드위치가 괜찮은지 물었다.

"물은 에비앙이 좋으세요, 페리에가 좋으세요?"

아마도 그 순간에 나는 결혼을 한다면 이 사람과 해야겠다고 성급한 결론을 내렸는지 모르겠다. 그 한 문장에 그의 기호와 취향, 태도까지, 그를 설명할 수 있는 모든 것이 담겨 있다고 생각했다. 누군가는 '겨우 그런 걸로?' 하며 아연실색할 수 있을 것이다. 그러나 나는 겨우 그런 걸로 그와 사랑에 빠졌다.

그만큼 내 인생에서 중요한 잣대가 바로 '식(食)'이다. 나는 누군가의 메뉴 선택에서, 식사 태도에서, 식사 중 대화에서 그들의 성격이나 습관, 문화적 배경을 가늠한다. 옳은 일인지 모르겠다.

우리는 식생활의 모든 요소가 개인을 정의하는 요소가 되고, 그것들을 통해 자신을 차별화할 수 있는 시대에 살고 있다. 즉 누군가가 먹는 음식이 곧 그를 설명하는 정체성 표현의 수단이 되었다. '먹는다'는 건 남에게 잘 드러나지 않는, 오직 나를 위한 소비를 한다는 것이다. 취향의 전시가 아니라 철저히 나의 만족에 기인한 소비. 나는 마트 계산대에서 순서를 기다릴 때면 앞사람의 장바구니를 주의 깊게 들여다보는 버릇이 있다. 먹을 것에 대한 기호는 겉으로 드러나는 패션 센스보다 개인이 지닌 은밀한 취향과 가치관을 더 적나라하게 드러낸다. 유행하는 옷차림이나 헤어스타일로 꾸미거나 타인의 멋진 스타일을 보고 따라 하듯이 단시간에 모방할 수 있는 것이 아니다. 내가 살아온 시간을 통해 형성된 것이다. 그뿐 아니라 부모님과 배우자, 내가 태어나고 자란 고향의 정체성 등이 총체적으로 반영된 내 삶의 결과물이다. 한 사람이 선택한 음식은 그 사람이 어떤 사람인지를 말해준다. 먹는 것과 관련한 취향에는 한 사람의 인생이 선명하게 각인되어 있다.

나는 취향이 독특하다는 이유로 주눅 들지 않고 본인이 좋아하고 싫어하는 것을 남의 눈치 보지 않고 솔직히 표현하는 사람이 가장 세련되다고 생각한다. 자신의 삶을 중요하게 여기는 사람은 스스로를 존중하고 대접한다.

문득 낯선 남녀로 만나 부부로, 가족으로 변해온 우리 관계가 버터와 밀가루 반죽이 층을 이루며 겹겹이 쌓인 크루아상 같다는 생각이 든다. 크루아상처럼 그간 쌓인 시간과 기억이 켜켜이 층을 만들고, 거기에는 나와 남편의 과거와 현재가 버터처럼 스며들어 있다. 달콤하고 특별한 케이크와 담백하고 일상적인 빵 사이 어느 지점에 크루아상이 존재하듯 지금의 우리도 그럴 것이다. 시간과 분이 같은 숫자로 일치하는 시각마다 전화를 걸어 안부를 묻고, 자정에서 다음 날로 넘어가는 시간까지 기다렸다가 케이크에 촛불을 켜며 생일 축하 노래를 불러주던 남편은 이제 없다. 그러나 우리의 분신인 딸아이를 보며 내가 느끼는 농도 짙은 오만 가지 감정을 똑같이 느낄 유일한 사람인 또 다른 그가 있다. 일상은 언제나 돌아갈 수 있어 일상이고, 부부는 언제나 같은 자리에 서 있기에 느슨할 수 있을 것이다.

"삶의 항구적 기준은 불변이나 영원이 아니라 지속이다."

김상중 《고민하는 힘》

부부란 서로의 빛나던 한때를 공유한 추억으로 한평생을 같이 살아가는지도 모르겠다. 내가 남편의 빛나던 한때를 간직하듯이 그도 나의 그때를 소중히 기억하고 있을 것이다. 어느 날 밤 돌아누운 상대의 등을 바라보며 그 시절을 흘려보낸 지금의 우리를 서로 가여워하기도 할 것이다. 그 묘한 연대감과 측은지심이 뜨거운 감정보다 서로의 옆자리를 더 오래 지키게 하는 것일지 모른다. 꿈속의 일같이 느껴지는 에쉬레 크루아상의 맛과 향을 떠올리며 그렇게 늦가을의 끝자락을 견디어낸다.

맥도날드,

네가 있어서

남편과 미국을 동서로 횡단하는 여행을 하던 중이었다. 뉴욕
에서 출발해 보스턴, 워싱턴, 노스캐롤라이나, 샌타페이를 지나
고 있었다. 다음 목적지는 애리조나였다. 그날 밤은 세도나 인근
의 작은 시골 마을에서 보내야 했다.

미국에서는 인근에 이름난 호텔이 없어도 큰 걱정이 없다. 유
명 호텔 체인에서 운영하는 썩 괜찮은 모텔급 숙소를 어렵지 않
게 찾을 수 있기 때문이다. 그러나 먹거리는 다르다. 내가 음식
을 매우 중시한다는 사실을 차치하더라도, 낯선 미국 소도시에
서 만나는 로컬 식당의 맛과 서비스 수준이 천차만별인 탓이다.
날이 어둑어둑해지자 나는 심란해지기 시작했다.

요즘이야 눈부시게 발전한 SNS와 많은 이들의 실제 경험이 축적된 평점 덕에 달리는 차 안에서 손가락만 부지런히 움직이면 낭패를 볼 일이 거의 없다. 하지만 내가 남편과 한창 여행을 다니던 10여 년 전만 해도 복불복의 요행에 기대 조마조마한 마음으로 식당 문을 열어야 했다.

그날 밤은 지나던 시골 동네에 유난히 식당이 드물었다. 나는 처음 가본 곳에서도 간판과 파사드만으로 맛집을 감별하는 남다른 '촉'을 가졌다고 자부한다. 맛집의 외관이 아니라는 이유로 이미 식당 두 곳을 그냥 지나쳐온 때였다. 그런데 식당이 더 이상 보이지 않는 것이다.

남편은 그냥 아무 데서나 먹을 걸 그랬다고 아쉬워했고, 나는 초조해졌다. 모처럼의 여름 여행을 만끽하기 위해 빌린 머스탱 컨버터블의 형편없는 승차감 때문에 여행 직전 삐끗한 허리 통증까지 심상찮은 터였다. 이대로 저녁을 굶은 채 낯선 타지에서 생경한 허리 통증을 견딜 생각을 하니 갑자기 짜증스럽기까지 했다. 그 순간 저 멀리 시야에 노란 보름달 같은 둥근 'M' 자가 보이기 시작했다. 아! '빅맥(Big Mac)'을 먹을 수 있겠구나! 귓가에서는 이미 맥도날드의 로고송이 들리는 듯했다.

빅맥은 한국보다 미국이 훨씬 더 맛있다. 아무래도 본고장이니 기분상 그런 부분도 있겠지만, 약간 더 높은 염도와 신선한 채소가 맛을 배가한다. 사실 나는 빅맥보다는 '와퍼'의 팬이다. 고기 향이 물씬 나는 뻑뻑한 소고기 패티가 나의 취향에 더 잘 맞는다. 하지만 여행길에선 어디에서나 쉽게 찾을 수 있는 맥도날드가 제격이다.

식당은커녕 인적마저 드문 시골길에서 허기가 몰려올 때 눈앞에 맥도날드의 황금빛 아치가 나타나면 구세주를 만난 듯 안도의 한숨이 새어 나온다. 낯선 그곳에서도 더 이상 막막하지 않다. 그 지역만의 특색을 기대할 수는 없지만 적어도 엉뚱한 낭패를 겪지 않는다는, 기대를 뛰어넘는 감동은 없지만 일관된 맛을 보장받을 수 있을 거라는 믿음이 맥도날드 같은 체인 레스토랑의 미덕이다.

햄버거라는 이름은 독일의 항구도시 함부르크에서 탄생했지만, 햄버거의 기원은 14세기경 몽골이다. 몽골계 기마민족인 타타르족은 초원 지대에서 유목 생활을 하며 익히지 않은 들소 고기를 주식으로 삼았다. 이들은 질긴 들소 고기를 말안장 밑에 두었는데 초원을 누비다 보면 충격에 의해 고기가 연하게 다져졌다. 그 고기를 소금과 후추로 양념을 해서 끼니로 먹었다. 이들의 음식이 헝가리를 비롯해 동유럽에 전해지면서 '타타르 스테이크'라 불렸고, 이후 독일 함부르크에 와서 오늘날의 햄버거가 되었다.

한편 맥도날드의 성공 신화는 1950년대 중반 밀크셰이크 기계 세일즈맨이던 레이 크록이 조용한 사막 도시 샌버너디노에서 햄버거 가게를 운영하던 맥도널드 형제를 만나면서 시작된다. 맥도널드 형제의 햄버거 가게는 꽤 번성했는데, 당시로서는 획기적인 방식으로 손님이 직접 주문하고, 음식이 30초 안에 나오는 스피디한 시스템을 구축했기 때문이었다. 레이 크록은 맥도널드 형제에게 일반 사람들도 동일한 방식으로 운영할 수 있는 프랜차이즈 사업을 하자고 제안했다. 그는 사업 확장을 주저하는 형제를 설득해 자신이 첫 번째 가맹점주가 되었고, 이후에 형제들에게서 권리 전체를 인수해 오늘날의 맥도날드 제국을 건설했다. 레이 크록은 맥도날드의 성공으로 20세기 미국인의 생활 방식에 기여한 50인에 선정되어, 콜럼버스나 제퍼슨 같은 인물들과 어깨를 나란히 하게 되었다.

오늘날 미국의 이미지를 만든 것은 대단한 첨단 기술이나 예술이 아니라 할리우드 영화, 코카-콜라, 리바이스 청바지 그리고 맥도날드다. 맥도날드 같은 체인 비즈니스로 인해 미국 어느 곳에 살든 누구나 일정한 수준의 보편적 삶을 누릴 수 있다는 것이 미국의 힘이라고 생각한다.

우리나라에 맥도날드가 들어온 것은 1988년 서울 올림픽 즈음으로 서울 압구정동에 1호점을 열었다. 내가 고등학교와 대학교를 다니던 시절만 해도 서울 시내에 지점이 몇 개 없어 이곳은 항상 젊은이들로 북적였다. 압구정동 1호점 앞에는 언제나 젊은 남녀들이 기대에 찬 얼굴로 누군가를 기다리고 있었고, 여러 개의 빨간 고무 통에 꽃을 담아 팔던 노점상이 있었다. 남자들은 상기된 얼굴로 꽃을 사서 맥도날드 안으로 들어갔고, 꽃을 든 커플이 환하게 웃으며 그 문을 나왔다. 지금의 패스트푸드점에서 일상적으로 보는 광경과 많이 다른 특별한 장면들이 수없이 많았다.

그러나 체인 레스토랑에 기대해야 할 미덕은 이러한 특별함이 아니다. 업종의 속성상 일정 규모 이상이 되면 소비자는 금방 식상해하기 때문이다. 그렇기에 어디서나 동일한 수준의 친절과 청결 그리고 맛을 제공받을 수 있다는 믿음의 가치에 기반해야 한다. 음식점에서 맛, 친절, 청결은 너무나 당연해서 언급할 필요가 없는 가치다. 여행지에서는 공기처럼 존재하는 것들의 소중함을 새삼스레 깨닫게 된다. 낯선 곳에서 되살아난 예민한 감각이 둔탁해진 일상의 감각을 새롭게 깨운다.

김영하 작가는 《여행의 이유》에서 그가 여행에서 정말로 얻고자 하는 것은 삶의 생생한 안정감이라고 고백한다. 낯선 이국 땅을 헤맬 때 저 멀리 보이는 맥도날드 간판을 발견하고 내가 느끈 편안함도 바로 삶의 안정감이었다.

본래 인생은 그리 특별하지 않다. 오히려 식상하고 평범한 일상이 삶을 지탱한다. 공기처럼 존재하는 것들 덕분에 나를 유지하며 살고 있음을 비일상의 여행을 통해 새록새록 깨닫는다. 그래서 태산 같은 무료와 권태가 일상을 짓누르는 어느 날 난 또 여행을 떠날 것이다. 그리고 여행길에서 잊고 살아온 일상의 소중함을 일깨워주는 맥도날드를 찾아갈 것이다.

때때로 채식주의자,
나물 민족의 후예

　호원숙 작가의 수필에서 음식을 버리기보다 남긴 음식을 거
두어 먹을 때 떳떳하고, 알뜰한 자신에게 만족스럽다는 내용
을 발견하고는 고개를 연신 끄덕였다. 사실 어린아이가 있는 집
에서는 어쩔 수 없이 아이가 먹다 남긴 음식을 엄마가 처리하는
수밖에 없다. 나도 그러느라 체중이 혹독하게 불어나는 여파를
겪었다. 어느새 아무리 맛있는 음식이라도 예전처럼 많이 먹을
수 없는 슬픈 나이가 되었다. 음식을 먹을 때마다 체중을 염려
해야 하는 답답증은 한창 신진대사가 활발하던 젊은 시절에는
전혀 생각하지 못한 일이다. 다 아는 맛이라고, 내일 먹으면 된
다며 솟구치는 식욕을 애써 눌러 기쁨을 유예하는 고통은, 다

이어트를 해본 사람이면 누구나 공감하는 부분일 것이다.

다이어트를 위해 잠시 채식주의자가 된 적이 있었다. 먹는 양을 줄일 수 없었기에 먹거리의 종류를 바꾼 것이다. 나는 탄력적 채식주의자인 플렉시테리언을 자처한다. 이렇게 채식주의자가 되면서 비로소 나물 맛에 눈을 떴다.

조선 후기의 어휘집 《명물기략(名物紀略)》에 따르면 '나물'이라는 예쁜 이름은 '먹을 수 있는 것 중 비단과 같은 물건'이라는 의미를 담고 있다고 한다. 우리는 먹을 수 있는 풀과 나물로 만든 음식을 모두 나물이라고 칭한다. 나물은 이렇게 이중적 의미를 가지고 있다.

특정 문화권에서 어떤 음식의 위상을 확인하려면 사람들의 말을 살펴보는 방법이 있다. 국어대사전에 등재된 '나물'이 붙은 낱말이 무려 300여 개에 이르는 것만 보아도 우리 식문화의 근간이 나물임을 실감할 수 있다.

'한민족', '백의민족', '배달민족'은 모두 우리 민족을 부르는 별칭이다. 정혜경 교수는 저서 《채소의 인문학》에서 쑥과 마늘(실제로는 명이나물일 가능성이 제기되고 있다)을 100일 동안 먹고 인간이 된 웅녀가 등장하는 우리의 단군신화를 언급하며 우리 민족을 '나물 민족'이라 칭했다.

인류가 육식을 시작한 시기는 대략 330만~350만 년 전으로, 그 이전의 아득한 먼 옛날에는 아마도 채식을 했을 것으로 추정한다. 현 인류는 잡식을 하지만 유인원에서 인간으로 진화하는 과정에서 가장 늦게 분리된 침팬지가 채식 위주의 잡식성 동물, 가장 먼저 분리된 고릴라가 초식동물이라는 연구 결과는 이 주장에 더욱 신빙성을 더한다.

　그런데 왜 유달리 한국인의 식단에서 이토록 나물이 중요한 위치를 차지하게 되었을까? 산이 많은 지형, 불교의 영향 등 다양한 이유를 열거할 수 있지만, 나는 섭취 열량의 대부분을 밥으로 해결했던 식문화에서 반찬이 필요했고, 이를 위해 다양한 채소 요리(나물)를 발전시켰을 것이라는 견해에 동의한다. 그렇게 대대로 나물을 접해왔기에 점점 더 익숙하게 많은 나물을 찾는다. 이런 현상을 가리켜 사회심리학에서는 '경로의존성(path dependence)'이라고 한다. 한번 일정한 경로, 즉 제품이나 관행에 익숙해져 의존하기 시작하면 그 경로가 비효율적일지라도 이를 벗어나지 못하는 현상이다. 다시 말해 우리가 나물을 먹어왔기 때문에 다양한 나물 조리법을 발전시켰고, 새로운 식재료를 접하면 그것을 나물 반찬으로 만들기 위해 지속적으로 시도했다는 것이다. 그러다 보니 한국인은 나물의 쓴맛과 독을 제거하는 조리법이나 장을 활용해 쓴맛을 중화하는 요령 등을 끊임없이 발전시켰다.

조선 시대에는 음력 3월에 나온 다양한 봄나물을 왕에게 진상했다. 요즘은 하우스재배가 일상화되어 겨울에도 마트에 가면 없는 나물이 없다. 그러나 이런 나물엔 제철의 풍미가 없다. 자연이란 인위적으로 통제하거나 만들어낼 수 없다. 혹한의 겨울을 이겨낸 봄나물의 쌉싸름한 맛과 신선한 향은 결코 흉내 낼 수 없다.

언젠가부터 두릅이 마냥 좋아졌다. 맛을 느끼는 것은 혀끝만이 아니다. 어떤 음식은 문화적 맥락에서 학습 효과로 맛에 대한 호감도가 상승하는데 내게는 두릅이 그렇다. 미식가들이 이른 봄이면 '산채의 제왕'이라며 두릅을 반기면서 어느덧 이에 동화해 내게도 동경의 대상이 되었다. 비단 미식적 허영심이 아니어도 몸에 좋다 하면 기꺼이 찾아 먹는 사람도 많다. 어떤 음식을 좋아하게 되는 계기는 사람마다 제각각 다르다. 첫맛에 반하는 맛, 배워서 아는 맛, 그리고 맛있다고 하니 그렇게 느끼게 되는 맛도 있다.

두릅은 두릅나무의 가지에 돋는 어린순으로, 정확한 이름은 '참두릅'이다. 이름이 말해주듯 진짜 두릅이라는 것이다. 두릅순과 나뭇가지의 연결 부위를 자르고 칼등으로 줄기의 가시를 제거한 다음 끓는 물에 데쳐 먹는다. 두릅과 유사한 것으로 '땅두릅'과 '개두릅'이 있다. 엄밀히 말하면 둘 다 두릅은 아니다. 땅두릅은 땅에서 나는 풀이고, 개두릅은 두릅나무가 아닌 엄나무의 순이다. 생김새가 두릅과 유사해 두릅이라는 이름을 붙인 것이다.

두릅은 주로 데쳐 초장에 찍어 먹지만, 이렇게 먹는 것이 좀 심심하고 제왕을 대하는 예의가 아닌 듯 싶을 때는 시간과 노력을 들여 장아찌로 담가 먹기도 한다. 하지만 내가 가장 좋아하는 조리법은 따로 있다. 두릅에 튀김옷을 슬쩍 묻히는 정도로 입혀 얄팍하고 바삭하게 튀겨 먹는 것이다. 두릅튀김은 먹기 전부터 특유의 향이 입맛을 돋우고 식감이 아삭해 기분마저 좋아진다.

다음으로 이야기해볼 나물은 고수다. 고수를 대개 동남아시아 또는 남미 음식에 주로 쓰는 향채라고 생각하지만 1,000여 년 전에 우리나라에 들어와 전국 각지에서 자라는 풀이다. 황해도 남부 지방에서는 고수로 김치를 담가 먹었을 정도로 우리에게 익숙했다. 항균 성분을 지녀 식중독 예방 효과가 뛰어나고, 고수의 향이 체취가 되어 모기를 쫓는다 해서 더운 지방에서는 특히 더 즐겨 먹는다.

비누 냄새가 난다며 특유의 향을 질색하는 사람도 꽤 있지만, 나는 처음 먹었을 때부터 입에 잘 맞았다. 가장 흔하게 고수를 접하는 경우는 베트남 쌀국수를 먹을 때다. 우리나라에서는 고수를 좋아하지 않는 사람이 워낙 많아 쌀국수에 얹어 내지 않고 사전에 고수를 넣을지 묻기도 한다. 요리 잡지 편집장이던 선배가 라면에 고수를 넣으면 라면 수프 특유의 MSG 향이 깔끔하게 제거되고, 라면 맛이 한층 좋아진다고 알려주었다. 아직 시도하지는 않았지만 맛을 상상해보면 쉽게 납득하게 된다. 고수를 살 일이 있으면 꼭 남겨 라면에 넣어보리라.

그다음은 씀바귀다. 요즘은 마트에서도 잘 보이지 않는 나물로, 이제는 사람들이 그리 즐겨 먹지 않는 듯하다. 나도 이 나물을 썩 좋아하지는 않는다. 어린 시절 할머니께서 봄에 씀바귀를 먹으면 여름에 더위를 타지 않는다고 하셔서 먹어본 적이 있는데, 더위를 피하기 위해 이 쓴 나물을 먹어야 한다면 차라리 여름에 더운 편이 낫겠다고 생각했다. 그러나 나이가 들면서 봄이 오면 제일 먼저 이 나물이 생각난다. 할아버지와 아버지가 즐겨 드시던 추억 때문이다. 할머니는 씀바귀가 위 기능을 강화하는 데 좋다고 하시며 위암 수술을 받은 할아버지의 밥상에 자주 올리셨다.

쓴맛이 난다고 해서 이름이 씀바귀다. 씀바귀는 뿌리와 어린 순을 먹는데, 할머니는 물에 몇 시간씩 담가 흙을 털어내고 쓴

맛을 우려낸 후 데쳐 나물로 만드셨다. 쌉싸름한 씀바귀는 새콤
달콤하게 무치는데 그 양념 맛과 어우러져 겨울 끝의 잃은 입맛
을 돋워준다.

마지막은 가지나물이다. 가지가 나물이냐고 묻는다면 가지
는 열매지만 나물처럼 조리해 먹는다고 답할 수 있다. 앞서 언
급한 우리 민족의 나물 경로의존성을 잘 설명해주는 것이 아
마도 가지나물과 감자나물일 것이다. 엄마는 여름이 되면 가지
에 열십자로 칼집을 내서 밥할 때 솥에 얹어 쪄냈다. 알맞게 익
은 가지를 쭉쭉 찢어 간장과 참기름, 마늘을 넣어 무쳤는데, 대
개 그러하듯이 어릴 때는 그 맛을 몰랐다. 그저 물컹거리는 식
감이 싫었다. 그러다 나이가 들면서 드라마틱하게 가지나물의
맛에 눈뜨게 되었다. 고소하고 짭조름하면서 부드럽다. 말린 가
지로도 나물을 만든다. 물컹한 생가지와 달리 말린 가지는 쫄깃
하다.

"큰 산에 큰 나물이 있다." 이는 높은 산에 희귀하고 맛도 좋은
나물이 있다는 뜻이다. 그러나 요즘은 산에 가도 예전처럼 나물
을 많이 볼 수 없다고 한다. 나물을 채취할 때는 뿌리까지 뽑지
않아야 후일을 도모할 수 있는 법인데, 욕심이 앞서 무분별하게
캐기 때문이다. 당연한 말이지만 식재료가 존재해야 식문화가

이어질 수 있다. 오랜 세월 도도하게 이어지며 풍성하게 꽃피운 우리 식문화를 우리 힘으로 지켜내야 한다.

채소에 기반한 식생활은 건강을 위해서도 중요하지만, 환경의 지속 가능성을 위해서도 필요하다. 육류를 생산하는 데는 채소 재배에 비해 24배나 많은 이산화탄소가 배출된다고 한다. 온대기후에서 아열대기후로 가는 전조인지 폭염, 가뭄, 폭우, 강풍 등 인류가 지금까지 경험해보지 못한 기현상이 최근 몇 년간 일상적으로 나타나고 있다. 기상청에서는 이미 '여름 장마'라는 말을 쓰지 않은 지 오래되었다고 한다.

다만 채식이 인류의 생존이 달린 중대한 선택이라는 의견에 동의하더라도 당장 채식주의자가 되기에는 많은 불편을 감수해야 하기에 엄두가 나지 않을 것이다. 하루아침에 채식주의자가 되겠다는 다짐은 지키기 어렵다. 다만 마음의 장벽을 낮춰 우선 일주일에 하루 혹은 한 끼 정도 채식하는 작은 시도부터 실천해볼 수 있다. 아무래도 과식하게 되는 주말을 보내고 난 월요일에 가볍게 먹고 싶은 마음으로 '그린 먼데이(Green Monday) 캠페인'에 동참해보는 것이다. 간헐적 채식으로 내 몸도 지구도 건강해질 수 있다면 이는 해볼 만한 가치가 충분하다.

제주도의 푸른 밤,
푸른 음식

음식 이야기를 하면서 내가 8년째 살고 있는 제주를 빼놓을 수 없다. 최근 들어 가장 주목받는 향토 음식을 꼽으라면 단연 제주의 먹거리다. 지금은 서울을 비롯해 광주 등 대도시에서 제주 향토 음식점을 심심찮게 만날 수 있다. 얼마 전 중국 상하이에 소재한 한식당의 인기가 대단해 6개월 치 예약이 마감되었다는 소식을 들었다. 그곳도 제주 음식을 선보이는 식당이다. 사용하는 모든 식재료를 제주에서 공수해 간다고 한다.

개인적으로 제주의 먹거리 중 으뜸이라 여기는 것이 제주 미역이다. 미역은 한국과 일본을 제외한 나라에서는 먹지 않는 매우 특별한 식재료다. '바다의 잡초'라 불리던 미역이 최근 들어 영양학적 가치를 인정받아 슈퍼푸드로 인식되면서 서양에서도 찾는 사람이 생겼다고는 하지만 아직까지 보편화된 식품은 아니다.

대개 최상품 미역으로 완도와 기장산을 꼽지만, 제주의 자연산 돌미역을 한번 먹어보면 아마도 평가가 달라질 것이다. 제주에는 생미역을 데쳐 초장과 함께 반찬으로 내는 식당이 제법 된다. 그 맛을 한번 보면 지금까지 먹어본 미역과는 현저하게 다르다는 사실에 깜짝 놀랄 것이다. 짙은 녹색에 줄기가 두껍지 않고 반지르르 윤기가 돌며, 약간 도톰해서 씹으면 탱글탱글 탄력이 넘친다.

제주도 부속 섬 중 하나인 추자도는 미역이 대단히 많이 나는 곳이다. 추자도에 딸린 섬 중에 '미역섬'이라 불리는 섬이 세 곳이나 될 정도라 한다. 추자도에서 자라는 미역은 자연산 돌미역이다. 돌미역이라는 이름은 바위에 붙어 살아 붙은 것이다. 제주산 미역이 모두 돌미역은 아니고, '넓미역'이라는 미역도 있다. 잎이 넓어 넓미역이라 한다. 이 미역은 생김새 때문에 쌈으로 즐겨 먹는다. 제주에서는 우도가 산지로 유명하다. 서식지와 채취 시기가 모두 제한적이라 양식을 시도하고 있다.

제주도의 미역 요리라고 하면 말린 미역을 불려 된장 양념에 무쳐 냉수를 부어 만드는 냉국과, 생미역을 간장 양념에 무치는 미역무침이 있다. 하지만 뭐니 뭐니 해도 제주도 미역 요리의 최고봉은 성게미역국이다.

'성게탕', 즉 성게미역국은 내가 최고로 치는 제주 미역과 가장 좋아하는 해물인 성게가 들어 있는, 그야말로 완벽한 조합이다. 제주에서는 성게를 '구살'이라고 불러 '구살국'이라고도 한다. 대개는 뜨겁게 끓여서 먹지만 냉국으로 만들기도 한다. 제주에서는 성게탕에 성게알을 얼마나 넣었는지가 손님을 대접하는 척도였다고 한다. 지금은 제주도 향토 음식으로 알려졌지만, 정약전의 《자산어보》에도 성게탕이 언급된 것으로 보아 조선 후기에는 보편적으로 먹던 음식이었던 듯하다.

성게의 본래 명칭은 '섬게'다. 보통 성게는 성게알을 먹는 것이라 생각하지만 실은 성게의 정소와 난소를 먹는 것이다. 제주도 성게는 5월 말에서 6월 사이에 가장 많이 잡힌다. 이 시기에 나는 성게가 가장 맛도 좋다. 우리나라 연안에는 30여 종의 성게가 분포하는데, 식용하는 성게는 주로 '말똥성게'와 '보라성게'다. 제주에서는 해녀들이 5월 우뭇가사리 철이 지나면 6월부터 보라성게를 채취한다. 제주도에서 먹는 성게는 초밥집에서 볼 수 있는 큼지막하고 모양이 잘 잡힌 수입산과 달리 크기가 작아 숟가락으로 떠먹어야 한다. 윤이 나는 진한 노란색의 싱싱한 성게를 입에 떠 넣었을 때 은은하게 감도는 달큼한 맛은 산지에서만 누릴 수 있는 특별한 호사다.

성게가 본격적으로 많이 잡히는 시기가 되면 성산항에 사시는 지인분이 연락을 주신다. 젓갈 담는 통에 성게를 가득 채워 보내주시는데 반은 그날 바로 먹고, 반은 소분해 냉동실에 넣어 둔다. 신선한 성게는 구운 김이나 생미역에 밥과 함께 쌈을 싸 생와사비를 푼 간장을 찍어 먹는다. 또는 오이채와 무순을 올려 비빔밥을 해 먹기도 한다. 다음 날부터는 성게탕이나 성게를 넣어 된장찌개를 끓인다. 우리나라 된장은 그 무엇과도 궁합이 잘 맞는다. 차돌박이된장찌개 같은 기름진 감칠맛도 좋지만, 나는 해물과 된장의 조합을 가장 사랑한다.

말이 나온 김에 제주 음식 중 둘째가라면 서러운 오분자기뚝배기를 말하지 않을 수 없다.

오분자기는 8센티미터 이하의 작은 전복으로, 전복과에 속하는 100여 종의 전복 중 하나다. 공식적인 이름은 '떡조개'지만 제주산이 유명해 제주 사투리인 오분자기로 통한다. 요사이 완도와 제주도에서 전복 양식이 활발하지만, 오분자기는 오직 자연산뿐이라 적지 않은 제주도 내 식당에서 오분자기뚝배기에 새끼 전복을 넣는다. 전복 입장에선 요샛말로 의문의 일 패가 아닐 수 없다. 사실 전복 자체만 놓고 보면 제주 전복이 완도나 다른 지역의 것과 맛에서 크게 차이가 나는지는 잘 모르겠다. 그렇지만 확실한 것은 제주에는 제주만의 특별한 전복 요리가 있다는 사실이다.

전복 살을 간장으로 양념해 다시 껍데기에 넣어 구운 전복구이나 전복 살을 얇게 저며 미나리, 쑥갓, 오이를 넣어 고춧가루 양념에 버무린 전복회무침은 제주 향토 음식으로 역사가 제법 깊다. 그러나 아무래도 제주의 전복 음식 중 가장 대중적인 메뉴는 전복돌솥밥일 것이다. 전복 내장과 살을 같이 넣어 돌솥에 갓 지은 밥 한 숟갈이면 입안에 제주 바다 내음이 가득 찬다. 어떤 식당에서는 네모지게 썬 마가린 조각을 같이 내기도 한다. 이렇게 먹는 것도 나름대로 매력이 있지만 게웃젓을 조금씩 얹어 비벼 먹어야 진짜 제주의 맛이다.

게웃젓은 제주도에서 가장 귀한 젓갈로 대접받는다. 전복 내장을 제주 사투리로 '게웃'이라고 한다. 깨끗하게 손질한 전복 내장을 소금에 버무려 10~15일간 숙성해 먹는데, 상에 올릴 때 잘게 썬 청고추와 홍고추, 깨소금을 넣어 양념한다. 게웃젓은 간간하고 감칠맛이 돌아 한여름에 입맛을 돌게 하기 위해 자리돔으로 담그는 자리젓과 함께 반찬으로 자주 먹는다.

제주살이 8년이 지나서야 진면목에 눈을 뜬 제주 향토 음식도 있다. 바로 각재깃국이다. '각재기'는 제주에서 부르는 이름이고, 표준어는 전갱이다. 일본어의 잔재로 '아지'라 불리기도 한다. 각재기는 4월부터 7월까지가 산란기다. 대부분의 생선이 산란기 이전에 맛이 좋은데, 각재기는 특이하게도 산란기 이후가 제철이다. 맛이 빨리 변하는 생선이라 바닷가 동네에서 많이 먹는다. 경상도나 전라도에서는 흔히 구이나 조림으로 요리하지만, 제주에서는 국으로 끓여 먹는 것이 일반적이다. 처음 접했을 때는 육지에서 먹은 비릿한 생선국이 떠올라 거부감이 앞섰다. 사실 각재깃국이나 갈칫국, 옥돔미역국 같은 제주의 생선국은 비린 맛이 강하기보다는 시원한 맛이 더 빼어나다. 각재기가 워낙 비리지 않고 감칠맛이 좋은 생선이기도 하지만, 심심하게 푼 된장에 시원한 배추까지 어우러져 정신없이 한 그릇을 뚝딱 비우게 된다. 산지의 맛이란 바로 이런 것이다.

제주에 내려와 가장 생경했던 풍경은 아직 차가운 바람이 채 가시지도 않았는데 노랗게 꽃을 피운 유채가 끝없이 펼쳐진 유채밭의 광경이었다. 8년을 살았지만 아직도 유채꽃이 피면 한없이 설렌다. 육지에서는 봄이 되어야 유채나물을 볼 수 있으나 제주에서는 1월경부터 벌써 먹을 수 있다. 유채는 잎이 올라온 후에 꽃대가 솟아 꽃을 피우고 종자를 만든다. 그래서 유채나물은 꽃이 피기 전의 어린잎으로 만들어 먹는다. 제주도는 여름

태풍 때문에 참깨 농사가 어려워 예로부터 유채를 재배해 기름을 얻었다고 한다.

이 외에도 제주 사람이 아니면 잘 모르는 흥미로운 제주 음식이 있다. 그 주인공은 바로 귤이다. 겨울이면 제주 사람들은 귤을 구워 먹는다. 제주에서는 감귤 수확 철이면 장작불에 고구마와 귤을 같이 구워 먹었다. 요사이는 이것이 전국적으로 소문이 나 겨울 캠핑족의 인기 간식이 되었다고 한다. 귤을 구우면 수분이 증발해 더 달게 느껴지고 과즙을 따뜻하게 먹을 수 있다. 이와 정반대로 한여름에 먹는 귤물김치가 있다. 여름에 수확한 하귤로 물김치를 담그는데, 귤의 상큼한 맛과 내음이 밴 시원한 물김치가 기승을 부리는 무더위를 잠시나마 잊게 해준다.

얼마 전 제주가 고향인 후배와 대화를 나누던 중에 오메기떡 이야기가 나왔다.

"전 서울에 가서 사람들이 오메기떡 이야기를 하도 해서 처음에 좀 놀랐어요. 저는 제주에 살면서 오메기떡을 먹어본 적이 없거든요."

후배의 말에 나도 놀랐다. 제주에 여행 오는 관광객마다 사들고 가는 오메기떡의 출처가 갑자기 궁금해졌다. 자료를 찾아

보니 오메기술을 담글 때 밑떡으로 쓰려고 좁쌀로 만들던 도넛 모양의 오메기떡이 지금의 통팥을 입힌 찹쌀떡으로 변한 것이라고 한다. 제주는 화산섬이라 토양이 벼농사에 적합하지 않아 예로부터 조와 메밀, 보리 등 밭농사가 주를 이뤘고, 자연히 이런 곡식을 이용한 떡이 발달했다. 오메기떡도 차진 좁쌀인 차조 가루로 만드는 것이 원형이지만, 시간이 지나면서 형태와 재료가 많이 변화했다. 차조 가격이 오르자 반죽에 찹쌀을 섞기 시작했고, 쑥이 첨가되면서 진한 녹색이 됐다. 반죽을 잘 익히기 위해 만든 도넛 모양의 구멍도 사라지고 팥소를 안에 넣고 빚는 동그란 형태가 되었다.

음식과 삶은 자연스레 주변 자연과 생활 환경의 변화에 영향을 받는다. 제주 음식은 척박한 자연환경과 제한적인 육지와의 교류를 극복하면서 발전해온 문화 결정체다. 제주 음식의 특징은 최소한의 식재료를 활용해 단순한 조리법으로 만든다는 것이다. 제주 여인들은 물질과 살림을 한 몸으로 해내느라 음식 준비에 많은 공을 들일 수 없었다. 냉국, 물회, 쌈 같은 생식이 유달리 많은 데는 제주 여성의 애환이 깃들어 있다.

또한 양념이나 기름을 최소한으로 줄여 재료 본연의 맛을 살리는 것을 제주 음식의 또 다른 매력으로 꼽을 수 있다. 이러한 제주의 조리법이 환경과 건강의 중요성이 부각되는 요즘 시대의 요구에 잘 맞는다.

제주살이를 하게 된 뒤로 양식 생선은 잘 먹지 않는 사치(!)를 누리고 있다. 그 대신 남편이 낚시로 잡아 온 신선한 생선을 자주 밥상에 올린다. 특히 참돔을 손질해 얼려두었다가 굵은소금을 뿌려 기름에 지져 반찬으로 즐겨 먹는다. 사람들은 그 귀한 참돔을 구워 먹느냐고 하지만, 참돔에 맛들인 딸이 이제는 마트에서 파는 고등어는 물론이고 명절에 선물로 들어온 굴비도 잘 먹지 않는다. 어디 그뿐이랴, 남편이 갓 잡아 온 싱싱한 생선으로 회를 떠 가까운 이들과 차가운 화이트 와인을 곁들여 집 앞 바다를 바라보며 먹는 날엔, 이것이 제주의 풍류인가 싶어 감격스럽기까지 하다.

음식은 또 다른 언어다. 말이 통하지 않는 나라를 여행할 때도 여행자들은 음식을 통해 공감대를 찾아내고 그 지역 사람과 지역 문화에 대한 이해의 폭을 넓혀간다. 가족도 친구도 없는 제주에 와서 나는 제주 음식의 이질적인 맛에 눈떠가며 고독한 적응 과정을 이겨냈다. 그때도 그리고 지금도 내게 따뜻하게 말을 걸어준 제주 음식이 참으로 든든하고, 고맙다.

가을엔

송이를

'가을엔 편지를 하겠어요. 누구라도 그대가 되어~.'

올해는 유달리 늦더위가 길어 10월 말까지도 더웠다. 찬 바람이 불기 시작해 가을이 성큼 다가오면 이 노랫소리가 귓가를 맴돈다. 가을에 제일 먼저 떠오르는 이 노래 가사를 나는 '가을엔 송이를 먹겠어요. 누구라도 그대와 함께~'라고 바꿔 불러본다.

올해는 폭염 등 이상기후로 송이 출하가 늦어지고, 수확량도 급감하면서 1킬로그램당 가격이 160만 원까지 치솟았다고 한다. 그야말로 금값이다. 송이버섯은 삼국시대부터 조선 시대까지 대대로 왕들이 지극히 아끼던 음식이었다. 조선 시대에는 중국 사신이 특별히 요청하던 품목에 포함될 정도로 명실상부 버섯의 으뜸이다.

원래 버섯은 풀이 아니라 균이다. 버섯은 진균 덩어리로, 잎과 엽록소가 없어 광합성을 못 하므로 어딘가에 붙어 기생한다. 소나무와 공생하는데 송이의 균에 감염된 수령 30~40년 된 소나무에서 잘 자란다고 한다. 여기에 더해 온도와 습도, 통기성이 적정하게 유지되어야 하기 때문에 생육조건이 매우 까다롭다. 그래서 송이 생산량이 꾸준하지 않고 해마다 변동되는 것이다. 그에 따라 가격도 등락 폭이 크다. 국내에서 양식에 성공했다는 보도가 있었지만, 근 10년간 최대 수확량이 10개 남짓이라 진정한 의미의 성공이라 보기 어렵다.

송이는 주로 태백산맥을 낀 경상북도와 강원도 등지에서 자라는데, 경상북도의 생산량이 대부분을 차지한다. 개인적으로 문경, 봉화, 청송 등지에서 자라는 내륙 지역의 송이가 해안 지역의 것보다 향과 식감이 훨씬 뛰어나다고 생각한다. 미국과 부탄 등 다른 나라에서도 자생한다고 하지만 우리의 송이와 같지 않고 유사한 품종이다.

가을에 송이를 먹는 것이 내게는 최고의 사치다. 송이는 먹는 방법이 저마다 다르고 맛도 나름대로 다 훌륭하지만 내가 제일로 치는 것은 흙만 살살 털어내 잘게 찢어 날로 먹는 방법이다. 여기에 부르고뉴 지방에서 나는 드라이한 화이트 와인을 곁들이면 그야말로 금상첨화다. 송이의 담박하고 농후한 향을 최고로 즐길 수 있다.

송이의 생명은 향기다. 시간이 지나면 그만큼 향기도 맛도 덜해진다. 그러니 산에서 갓 딴 송이를 날로 찢어 먹는 것이 최상의 향기를 즐기는 방법일 것이다. 이 방식에 대한 예찬은 미식 평론의 이정표를 세운 원조 맛 칼럼니스트 홍승면 선생의 저서 《미식가의 수첩》에서도 확인할 수 있다.

굳이 열을 가해 먹는다면 일본식 찜 요리 '도빈무시(土瓶蒸)' 가 좋겠다. '도빈'은 질그릇 주전자, '무시'는 찜 요리라는 뜻으로, 도자기 주전자에 정성스럽게 뽑은 육수와 송이, 은행, 죽순 그리고 해산물이나 흰살생선을 넣고 향이 우러날 때까지 끓인다. 먹을 때는 국물을 먼저 따라 마시고 이후에 건더기를 건져 먹는다. 제철 송이와 은행, 죽순이 조화를 이룬 그윽한 향이 더할 나위 없이 매혹적이다. 이때 육수는 다시마 육수처럼 가볍고 깔끔해 송이의 향을 가리지 않아야 한다.

우리에게 송이버섯이 있다면 서양에는 송로버섯이 있다. 영어로 '트러플(truffle)' 프랑스어로는 '트뤼프(truffe)'라고 한다. 소나무 낙엽 밑에서 솔향기를 그윽하게 품은 송이가 고혹적이라면, 트러플은 요염하다. 트러플의 향기는 깊은 숲에서 나는 흙 냄새인 듯하다가 끝에 무엇에도 견줄 수 없는 진한 향으로 마무리된다. 몽환적인 중독성이 있다는 표현으로 다 설명되지 않을 정도로 환상적이다. 트러플은 검은색과 흰색 두 종류가 있다. 우리가 파인 다이닝 레스토랑에서라도 가끔 볼 수 있는 것이 프랑스 사람들이 선호하는 블랙 트러플이다. 이탈리아에서는 화이트 트러플을 더 높게 치지만 좀처럼 접하기가 쉽지 않다.

트러플은 떡갈나무 숲 땅 밑 대개 10~30센티미터, 혹은 종종 1미터 깊이에서도 자란다. 이처럼 땅속에서 자라다 보니 사람의 눈으로는 찾기가 어렵다. 그래서 송로버섯을 채취할 때는 돼지와 개를 동반한다. 요사이는 여러 문제로 암퇘지보다 개에게 더 의존한다고 한다. 개의 안내에 따라 조심스럽게 수작업으로 채취하는 방식이다 보니 그 수고로움에 상응해 값이 날로 치솟는 것 같다.

트러플은 1킬로그램에 1억 원이 넘는 세상에서 가장 비싼 식재료지만, 의외로 즐길 수 있는 방법이 가격대별로 다양하다. 트러플은 가열하기보다 날것 그대로 종잇장보다 더 얇게 저며 다른 음식에 곁들여 먹는 것이 가장 비싸지만 향을 즐기는 최고의 방법이다. 그러나 트러플에 다른 재료를 가미한 오일이나 꿀, 버터 같은 가공품의 가격은 상대적으로 저렴하면서 트러플의 향을 잘 간직하고 있어 이쪽이 더 현명한 선택이 될 수 있다. 나는 트러플 오일을 종종 짜장라면을 먹을 때 활용한다. 먹기 직전에 트러플 오일 한 바퀴 두르면 납작하게 느껴지던 짜장라면이 순식간에 복잡다단하게 맛의 계층을 이루며 입체적으로 살아난다. 트러플 맛에 길들면 트러플 향을 가미한 어떤 음식이든 진미로 변신한다.

매년 가을 남편이 경상북도의 한 지역에 계신 지인들을 통해 자연산 송이를 구했는데, 어쩐 일인지 올가을에는 때가 돼도 송이가 오지 않았다. 폭염으로 송이가 귀하긴 귀한 모양이다. 상태가 좋은 송이버섯을 오래 들고 있으면 손에서 한동안 솔향기가 나는데, 그 신선놀음을 올해는 못 하고 넘어갈 모양이다. 결국 오늘 저녁 메뉴로 작년에 냉동해둔 송이를 꺼내 중국식으로 볶음 요리를 하기로 했다. 얼마 남지 않은 송이가 떨어져갈수록 기후변화로 앞으로는 더 이상 송이를 즐길 수 없게 되는 것은 아닌지 걱정이 앞선다.

시간과 바람이 만든 빈티지 디저트,

곶감

어릴 적 나는 건포도를 유난히 싫어했다. 빵이나 케이크에 건포도가 들어 있기라도 하면 일일이 빼내는 것이 일이었다. 어쩌다 미처 골라내지 못한 건포도를 씹기라도 하면 입안에 든 걸다 뱉어버릴 정도였다. 말린 과일의 농축된 단맛이 어린아이의 입맛에 잘 맞지 않았던 모양이다. 그런데 명절마다 할머니가 만드시는 수정과의 곶감은 매캐하면서도 향긋한 생강과 계피의 맛이 단맛에 배어들어 얼마간 먹을 수 있었다. 곶감의 무거운 단맛과 눅진하고 질긴 식감이 그리 좋지는 않았지만, 하얀 가루가 눈처럼 덮인 모양새가 어쩐지 어린 나의 마음을 사로잡았다. 문학작품에 등장하는 음식에 쉽게 매료되는 편인데, 아마도 그 시절 읽은 전래 동화의 호랑이와 곶감 이야기가 일조했던 듯하다.

말린 과일의 참맛을 알게 된 것은 요리 학교에 다니던 시절 와인 수업을 들을 때였다. 이 시간에는 와인의 맛과 향을 형용하는 다양한 표현을 배운다. 그때 언급되는 미사여구에는 과일의 향기와 풍미에 대한 묘사가 많다. '말린 자두나 살구, 체리에서 느껴지는 농익은 맛'이라거나 '마지막에 스치듯 말린 과일의 향이 난다' 같은 표현들이다. 그때부터 말린 과일은 내게 탐구의 대상이 되었다. 그때까지는 말린 과일의 맛이나 향에 거부감을 가졌던 터라 그 감각들을 익히기 위해 의식적으로 꽤 다양한 말린 과일을 먹어야 했다. 말린 살구에서 시작한 맛 탐험은 말린 망고, 말린 크랜베리, 말린 토마토로 이어졌고, 마침내 우리의 곶감에 다다랐다. 적당한 산미와 단맛이 어우러진 말린 살구도 매력적이지만, 역시나 곶감이 간직한 세월의 깊이는 따라올 수 없다.

곶감의 진정한 가치는 맛도 맛이지만, 그보다 곶감이 품은 기다림의 시간과 만드는 이의 수고에서 더욱 빛난다. 곶감은 우리나라뿐 아니라 중국과 일본에서도 만들어 먹는다. 다만 일본은 우리나라보다 습도가 높은 탓에 껍질을 벗겨 끓는 물에 10초

정도 데쳐 찬물에 식힌 후 건조한다. 또 말리는 동안 2~3일 간격으로 소주를 분무기로 뿌려 곰팡이가 생기는 것을 방지한다.

곶감의 '곶'은 '꽂다'의 옛말인 '곶다'에서 나온 것으로 말 그대로 곶감은 꼬챙이에 꽂아 말린 감이라는 뜻이다. 곶감을 말릴 때 예전에는 싸리나무 꼬챙이를 주로 썼고, 지금은 플라스틱 꼬챙이에 꽂아서 말리는 것이 일반적이다. 그 밖에 감꼭지를 실로 꿰어 말리기도 하고 감을 그대로 채반에 놓고 납작하게 말리기도 한다. 건조 방법에 따라 모양이 전부 다른데 개인적으로 눌러서 납작한 떡처럼 만든 곶감을 좋아한다. 이렇게 만든 곶감은 떡처럼 생겼다고 해서 '시병' 혹은 '준시'라고 한다. 모양도 단아하고 곱지만 수분 함량이 적당해 식감이 부드럽고 쫀득하다. 시병을 만들 때는 손으로 감을 주무르고 납작하게 눌러 수분을 배출하는데 이 과정에서 꾸덕꾸덕한 식감이 만들어지는 것이다.

얼마 전 지리산을 다녀오면서 경상남도 산청 지역을 지났다. 일대의 모든 집이 옥상은 지붕이 덮이고 벽이 뚫린 형태여서 눈길을 끌었다. 이는 비를 막고 바람에 감을 말리는 덕장들이다. 산청은 경상남도 함안이나 경상북도 상주 등지와 더불어 유명한 곶감 산지다. 조선 시대 최고의 미식가라 할 수 있는 허균 선생이 쓴 미식 안내서《도문대작(屠門大嚼)》에서도 지리산 일대의 감이 곶감을 만들기에 좋다고 언급하고 있다.

곳감을 만들 때는 단맛이 무르익은 감을 쓸 것 같지만, 사실 완숙하기 전에 딴 떫은 감이 적당하다. 우리 조상이 곳감을 만들어 먹은 이유는 수분이 많은 감을 오래 두고 먹기 위한 목적도 있었지만, 이와 더불어 곳감이 만들어지는 과정에서 감의 떫은맛을 내는 타닌을 없애려는 목적도 있었다.

단감은 그냥 먹어도 되지만, 떫은 감은 타닌 성분을 함유하고 있어 맛이 쓰고 복통을 일으킬 수 있다. 생으로 먹기 어려우니 껍질을 벗겨 말려 곳감을 만들거나, 항아리에 짚을 깔아 익혀 말랑한 홍시를 만들었다.

감나무는 대개 5월경에 황백색의 꽃을 피우고 6월 무렵 열매를 맺기 시작해 8월 즈음부터는 주황빛으로 익어간다. 과거에는 8월에는 홍시, 10월에는 건시(乾柿, 곳감)를 조상의 제사상에 올렸다고 한다.

어릴 적 할머니가 주신 곳감은 안팎이 모두 짙은 갈색을 띠는 데다 오래 말려 질기고 딱딱하기까지 했다. 그런데 언제부터인지 명절이 되면 밝은 주황색의 촉촉하고 부드러운 곳감이 선물로 들어오기 시작했다. 아버지는 그것이 '반건시'라고 알려주셨다. 반건시는 감을 곳감처럼 말린 것이기는 하나 덜 딱딱하고 안은 홍시처럼 말랑하다.

요즘은 냉장 보관 시설이 발달해 곳감도 예전보다는 덜 건조

Chapter 2. 나의 음식

한다고 하지만 건시와 반건시는 아무래도 맛과 식감에서 차이가 꽤 난다. 곶감이 밝은 주황색을 띠는 것은 '유황 훈증'이라는 방식을 이용하기 때문이다. 이 방식은 감에 유황 연기를 쐬어 건조하는 것으로 1910년대 초에 일본에서 개발되었다고 한다. 곶감의 갈변을 줄이고 달콤한 맛과 양갱처럼 부드러운 식감을 만들어내는 것이 특징인데, 유황이 인체에 미치는 영향 때문에 이 제조 방식을 꺼리는 사람도 꽤 있다.

단맛을 내는 음식이 지금보다 적었던 조선 시대에 곶감은 특히 귀한 대접을 받았다. 왕실의 일상식과 행사 상차림에 후식으로 빠짐없이 등장했다. 1970년대 후반까지는 가정에서 간식이나 제수용으로, 2000년대 중반까지는 명절 선물로 인기가 높았다. 요즘에도 여전히 디저트로 꽤 사랑받는다. 요즘 들어 전통 방식으로 만드는 귀한 곶감을 수소문 끝에 찾았다면서 인플루언서들이 SNS에서 깜짝 놀랄 만큼 비싼 값에 판매하는 일이 다반사다. 이때 강조하는 곶감 품질의 기준이 감의 품종과 겉에 돋은 하얀 가루인 시상이다.

과거 조선 시대부터 곶감의 유명 산지는 대부분 남쪽 지방이었다. 조선 시대 왕에게 진상했다는 파수곶감은 함안에서 나는 '수시(물감)'라는 품종으로 만든다. 이 품종 감은 씨가 작고 당도가 높으면서 부드럽고 쫄깃한 것이 특징이다. 15세기 이전부터 최고의 곶감 산지로 명성을 누리던 상주에서는 '둥시'라는 감을 사용하는데, 이는 '둥근 감'이라는 뜻이다. 씨가 작을 뿐만 아니라 수분과 섬유질이 적어 연하고 떫은맛이 잘 빠지는 품종이라 곶감에 안성맞춤이다. 외남면에 있는 530년 된 '하늘 아래 첫 감나무'는 상주 곶감의 상징이자 역사를 말해주는 유산이다.

곶감은 쾌청한 볕에 쬐일수록 상품(上品)이 된다. 40여 일을 말리면 거무스름해지면서 겉은 꾸덕꾸덕해진다. 이때 곶감을 나무 궤짝이나 큰 바구니에 차곡차곡 담으면서 일일이 손으로 모양을 잡고 켜켜이 말린 감 껍질을 펴놓는다. 이렇게 재우면 감의 몸에서 하얀 분이 저절로 난다.

곶감 표면의 하얀 가루인 시상(柿霜)은 감에 서리가 내린 것 같다고 해서 붙은 이름이다. 시상은 감의 포도당이 응축해 가루가 된 것으로, 이것이 공기 중의 수분을 막아 미생물의 번식을 방지하고 감 겉면의 건조 상태를 유지해 부패를 방지하는 이로운 역할을 한다. 예전에는 이 시상 가루를 긁어 천연 감미료나 약재로 사용했다고 하는데, 《동의보감》에 따르면 기침을 진정시키고 담(痰)을 제거하는 데 효과적이라고 한다. 그러나 지금은 곶감의 관상 가치를 높여주는 측면이 더 크다. 시상이 만들어지는 이유는 일교차다. 따뜻한 낮 동안 감의 수분이 증발하고, 쌀쌀한 밤에 하얀 결정이 생긴다. 바람과 습도를 고려해 말리는 수고로운 과정에서 생기는 것이지만, 이 시상이 두꺼워야 진정한 곶감인 양 분별하는 방식에는 나는 동의하지 않는다.

내가 가장 좋아하는 곶감 먹는 방법은 냉동실에 있는 곶감을 꺼내 상온에서 몇 시간 녹여 양갱 같은 식감이 될 때까지 이제나 저제나 기다렸다가 녹차 한 잔과 함께 음미하는 것이다. 곶감은 그 자체로도 맛있는 먹을거리지만 수정과, 두텁떡, 증편, 곶감죽 등 여러 음식의 재료로도 다양하게 쓰인다. 곶감을 활용한 요리 몇 가지는 손님 접대를 위한 다과상이나 안주상에 유용하다.

가장 손쉽고 친숙한 것은 곶감을 넓게 펴 안에 호두나 잣을 넣고 말아 썰어 먹는 '곶감쌈'이다. 와인이나 위스키의 안주로 더할 나위 없이 잘 어울리면서 센스 있고 품위 있어 보인다. 호두나 잣 대신 크림치즈를 넣어도 좋은데, 단맛과 새콤한 크림이 어우러지면서 견과류와는 또 다른 우아한 합을 이룬다. 곶감쌈은 조선 시대 생활 백과사전이라 할《규합총서》에도 등장한 '건시단자'의 밤소를 현대에 호두로 대체한 것이 아닐까 한다. 건시단자는 꿀로 반죽한 황률 가루 소를 건시로 싸서 잣가루를 묻힌 일종의 떡이다.

한 가지 더 소개하고 싶은 음식은 조선 시대부터 내려오는 곶감화전이다. 찹쌀가루에 감 껍질 가루를 섞어 익반죽하고 동그랗게 빚어 기름에 지지다가 익으면 꽃잎 모양의 곶감을 올려 함께 지져 꿀을 바른다. 곶감으로 꽃잎 모양을 낸 솜씨도 놀랍지만, 보드라운 색을 내는 천연의 감 껍질 가루라니! 알면 알수록 우리 선조의 곱고 섬세한 결에 감탄하게 된다. 그러고 보면 곶감도 떫고 딱딱해서 쓸모없던 감이 사람의 정성 어린 손길과 자연의 수혜를 입어 비로소 시간을 이겨내고 천혜의 맛을 품게 된 것이니 이 또한 감탄해 마지않을 수밖에 없다.

매년 가을이 되면 지인이 대봉감을 한 상자씩 집으로 보내주신다. 곶감을 만들 솜씨는 없으니 그 감을 채반에 담아 햇빛이 잘 드는 거실 한쪽에 놓아둔다. 시간이 가면서 물렁해지면 맛이 들어 연시가 된다. 몇 개는 냉장고에 넣어두었다가 금방 먹고, 나머지는 냉동해둔다. 감은 숙취 해소에 좋은 음식이라 애주가인 남편이 술을 마시고 온 다음 날 아침에 내어주는데 이럴 때면 귀한 사람을 귀하게 대접하는 기분이 든다. AI를 조교로, 동료로 내 일상에 들인지 좀 되었다. 세상은 나날이 편리해지지만 그럴수록 손으로 만든 것의 가치가 점점 더 소중하게 다가온다.

고마워,

케이크

"당신의 삶에 진통제가 필요한가요? 그럴 때는 케이크를 드세요."

누군가는 '그런 때는 케이크가 아닌 술이지'라고 할 수도 있을 것이다. 그러나 외로움, 배신감, 이별의 아픔같이 삶에 쩍 하고 금이 가는 치명적 고통까지는 아니거나, 화가 화를 부르지 않기를 바라고, 통증으로 아린 순간에도 명철한 정신을 유지하길 원하는 사람이라면 케이크를 한 입 크게 베어 물고 잠시 눈을 감아보라 말하고 싶다. 이때는 쓴맛이 강한 커피보다 달콤한 케이크가 음식의 치유력을 온전히 돋워준다. 아, 그래도 여전히 인생은 달콤하잖아!

얼마 전에 일상적인 마음의 통증에도 타이레놀이 효과가 있다는 흥미로운 심리학 연구 결과를 보았다. 진통제가 두통을 없애주듯, 마음의 통증도 덜어준다는 것이다. 그러나 눈에 보이지 않는 마음의 상처에 연고를 바를 수 없듯 두통도 치통도 생리통도 아닌 마음의 통증에 해열진통제 타이레놀을 쓴다는 것은 아무래도 억지스럽다.

나는 수많은 디저트 중에서 케이크를 가장 좋아한다. 사르르 녹아드는 달콤함과 폭신한 촉감을 사랑한다. 과일을 비롯해 그 무엇과도 아름답게 변주되는 무궁무진한 맛의 향연, 시트를 촉촉이 적시는 향기로운 리큐어, 시트 사이사이를 채우는 부드러운 크림의 하모니로 케이크는 한 번도 지루한 적이 없다.

높낮이가 다른 케이크 스탠드에서 형형색색의 존재감을 뽐내는 케이크에 마음을 뺏기지 않는 사람이 있을까? 각기 다른 토핑을 얹은 케이크가 도열해 있는 모습은, 휘황찬란한 보석들이 가득한 보석상 쇼케이스보다 더 내 마음을 들뜨게 한다.

달콤하다고 모두 디저트는 아니다. '진짜' 디저트에는 판타지가 필요하다. 쾌락을 위해 먹는 디저트가 일상의 통증을 잊게 할 만한 판타지를 불러내지 못한다면 존재 의미가 없다. 사람들의 뇌리에 강한 인상을 남기는 디저트는 모두 다양한 종류의 판타지를 품고 있다.

Chapter 2. 나의 음식

나의 추억 속 최고의 케이크는 20대 초반 가까운 누군가의 생일이면 늘 함께하던 '나폴레옹 과자점'의 케이크다. 당시 친구의 생일이 되면 우리는 어김없이 한성대 입구를 찾았다. 지금도 서울의 3대 빵집으로 손꼽히는 나폴레옹 과자점은 원래 지금의 위치에서 100미터 정도 떨어진 상가에 있었다. 지금이야 15개 지점을 운영할 정도로 유명한 빵집이 되었지만, 그때만 해도 성북동 인근에 사는 주민이나 빵 맛을 좀 안다는 사람들 사이에서나 알아주던 명품 베이커리였다. 특히 동그랗게 말린 초콜릿 가나슈를 빈틈없이 올린 케이크가 센세이셔널했다. 장식적이고 화려하면서도 유치하지 않아서 뻔하기를 거부한 X세대의 취향을 사로잡았다. 아쉽게도 취향을 저격했던 케이크의 이름은 기억나지 않는다. 그때도 나와 친구들은 구움 과자는 '리치몬드 과자점', 케이크는 '나폴레옹 과자점'을 찾는 타고난 '맛잘알(맛을 잘 아는 사람)'이었다. 나중에 안 사실이지만 서울의 3대 빵집으로 평가받는 '나폴레옹 과자점', '리치몬드 과자점', '김영모 과자점'은 뿌리가 같다고 한다. 리치몬드 과자점의 권상범 명장과 김영모 과자점의 김영모 명장이 모두 나폴레옹 과자점 출신이기 때문이다.

그런가 하면 우아함으로는 '카페 라리'의 딸기생크림케이크를 능가할 자가 없었다. 이 케이크는 순백의 생크림이 날렵하고 매끈하게 감싸고 있어 웨딩드레스를 입은 청초한 신부를 떠올리게 했다. 하얀 생크림 위에 정갈하게 자리한 제철 딸기는 마치 신부의 붉은 입술 같았다. 느끼해서 걷어내기 일쑤인 버터크림과 달리, 생크림은 신선한 우유의 담백한 맛과 질감 덕분에 실크처럼 가벼웠다. 시폰케이크 시트는 부드러운 풍미와 촉촉한 식감으로 새콤한 딸기와 더할 나위 없이 잘 아우러졌다. 이토록 완벽한 삼위일체라니! 카페 라리는 1992년에 문을 연 국내 최초의 케이크 전문 카페다. 재일 교포가 오너이고 당시 일본인 파티시에가 메뉴 개발을 맡았다고 들었다. 세련된 일본인 특유의 감성으로 조화로우면서도 절제미가 넘치던 이곳은 당시 사람들의 눈과 입을 모두 사로잡았다.

예상치 못한 감동을 선사한 인생 케이크도 있다. 요리 학교 베이킹 수업 시간에 처음 접한 '퐁당 오 쇼콜라(Fondant au Chocolat)'다. 쓸쓸한 마음이 드는 날이면 어김없이 이 작은 초콜릿케이크가 그립다. 포크를 옆으로 세워 단단하고 바삭한 케이크 안으로 툭 밀어 넣으면 좌르르 쏟아져 나오는 따뜻하고 진한 초콜릿 가나슈! 마치 무덤덤한 줄로만 알았던 사람의 내면을 불쑥 뚫고 나온, 기대하지 못한 다정함처럼 마음을 적신다.

퐁당 오 쇼콜라의 '퐁당'은 프랑스어로 '살살 녹는'이라는 뜻이다. 퐁당 오 쇼콜라의 탄생설은 미슐랭 스타 셰프의 가족 스키 여행담부터 요리 대회에 참가했던 텍사스 출신 주부의 도전기, 세계적인 셰프 장 조르주의 일화에 이르기까지 의견이 분분하다. 이 중 케이크가 지닌 매력과 가장 어울리는 절절한 러브 스토리를 소개한다. 프랑스의 한 파티시에가 파리의 유명한 집안 영애와 사랑에 빠졌다. 그러나 두 사람은 신분의 벽에 가로막혀 헤어져야 했다. 결국 그 여인은 부모가 맺어준 공작의 아들과 결혼하게 되었는데, 기막히게도 그 여인이 사랑했던 파티시에가 이 결혼 파티의 디저트를 만들게 되었다. 사랑에 빠진 남자가 옛 연인의 결혼식을 위해 만든 디저트가 바로 퐁당 오 쇼콜라다. 파티에 참석한 하객들이 하나같이 케이크에 극찬을 아끼지 않았지만, 신부만은 케이크를 먹으며 하염없이 눈물을 흘릴 수밖에 없었다. 케이크에서 흘러나오는 초콜릿이 자신을 향한 그의 뜨거운 사랑을 의미한다는 것을 너무나 잘 알았기 때문이다. 앞으로 퐁당 오 쇼콜라를 먹을 때마다 이 이야기를 떠올리면 그 맛이 더욱 각별해질 것 같다.

사람들은 아픔을 느껴야 할 때 대개 고통이 두려워 회피한다. 그러고는 마음의 결을 딱딱하게 만들어 방패 삼는다. 그러나 유예한 아픔은 결국 예상치 못한 순간에 홀연히 상처를 드러낸다. 그러므로 다양한 아픔으로 마음이 딱딱해져갈 때 감정의

복원력을 회복시키는 상비약 하나쯤은 가지고 있어야 한다. 그래야만 인생에서 마주하는 수많은 빛깔의 고통을 직시하고 당당히 감내하겠다 나설 수 있다.

오늘도 나는 무너져 내리는 내 마음 한편을 케이크 조각에 고이 매달아본다.

고마워, 케이크! 절망과 슬픔에 빠져 울고 있는 나를 일으켜 줄 네가 있어줘서….

Chapter 3

사랑하는 이들의 음식

내 음식을 언제나 맛있게 먹어주는 남편과 딸
그리고 식사의 추억을 함께한 사랑하는 친구들에게
전하는 감사의 마음을 담아.

아버지와

반주

인류가 최초로 마신 술은 기원전 9,000년경인 신석기시대부터 등장한 포도주다. 우리나라에 포도주가 최초로 등장한 것은 고려 시대로, 기록에 따르면 원나라에서 전래되었다고 한다. 다만 후대에 조선인이 마시던 포도주는 지금 우리가 아는 와인과 다른 술이다. 고조리서에 기술된 포도주의 조리법을 살펴보면 찹쌀밥과 흰누룩 가루에 포도를 섞어 빚는, 말하자면 곡주에 포도를 함께 넣은 술이다.

매년 10월이 되면 마음 한편에 저릿한 슬픔이 슬며시 똬리를 튼다. 아버지의 기일이 있는 달이기 때문이리라. 아버지는 내게 음식에 관한 유산을 가장 많이 물려주신 분이다. 워낙 식도락을 즐기셨고, 취향도 까다로우셨다. 우리 집의 비싸고 귀한 식재료는 대부분 아버지가 직접 사신 것이었다. 그러고는 엄마에게 손질법과 조리 방법까지 일러주셨다.

아버지가 즐기신 음식을 추억할 때 가장 먼저 떠오르는 것이 저녁 반주다. 젊은 시절에 누구 못지않게 바쁘시더니 은퇴한 뒤에는 집에서 매끼 반주를 즐기셨다. 나는 아버지의 반주 습관이 달갑지 않았다. 은퇴 후 아버지의 고독과 무력감을 엿보는 것 같았고, 아버지가 앓으시던 지병도 모두 술 때문이라 생각했다. 특히 술과 안주를 드신 후에야 밥을 드셨기 때문에 식사 시간이 길어졌고, 엄마는 내내 특별한 안주를 만들어야 했다. 당시의 나는 밥알을 센다는 말을 들을 정도로 먹성이 좋지 않았던 터라 그 긴 식사 시간이 지루했다. 우리 집에서는 식구들이 모두 식사를 마칠 때까지 누구도 자리에서 먼저 일어나지 못하도록 교육했기 때문에, 한 시간이 꼬박 걸리는 아버지의 식사 시간 동안 모두 꼼짝없이 자리를 지켜야 했다.

아버지는 희석식 소주를 즐기지 않으셔서 엄마가 담근 과실주나 위스키를 드셨는데, 사실 이 기억도 정확하지 않다. 밥을 먹으며 즐겁게 마시는 술은 약주라고 하시던 아버지의 말씀을 단호히 부정하며, 냉정하게 단 한 번도 대작하지 않아서 아버지는 돌아가실 때까지 내 주량을 알지 못했다.

약주는 약효가 있는 술 또는 인삼, 구기자, 오미자 등의 약재를 넣은 술을 일컫는 말이다. 조선 시대에는 약초를 넣고 끓인 알코올 도수 40도 이상의 독주를 반주로 즐겼다 하니, 약의 범주에 속하는 '약주'라는 이름이 과하지 않다. 실제로 주영하 작가의 《한국인은 왜 이렇게 먹을까》를 읽어보면, 혈액순환이 원활하지 않아 식욕이 떨어지는 '염식'이라는 병을 앓던 영조에게 의원들이 "만약 주량만 된다면 반주가 실로 위장을 편안하게 해줍니다"라고 간언을 올렸다고 한다. 아마도 아버지의 '반주 약용론'은 이런 통념에서 기인한 것이 아닌가 한다. 이 술은 금주령하에서도 마실 수 있었다고 하며, 이후로 약주는 술의 높임말로도 범위가 넓어졌다.

집에 과실주가 떨어지면 아버지는 가끔 소주를 찾으셨는데, 이때는 맥주를 '섞어' 드셨다. 바로 '소맥'이다. 이렇게 종류가 다른 술을 한 잔에 섞어 마시는 것을 폭탄주라고 한다. 영어에도 '밤 샷(bomb shot)'이라는 단어가 있는 걸 보면 여러 술을 섞어 먹는 것은 꽤 일반적인 음주 문화임을 짐작할 수 있다. 실제로 폭탄주의 유래 중에 러시아의 벌목공들이 추위를 이기기 위해 보드카에 맥주를 섞어 마신 데서 비롯됐다는 이야기가 있고, 또 영국과 미국의 노동자들이 적은 돈으로 빨리 취하기 위해 위스

키와 맥주를 섞어 마신 것이 기원이라는 설도 있다.

우리나라에도 조선 시대부터 폭탄주가 있었다. 그러나 마실 때 서로 다른 종류의 술을 섞는 형태가 아니라, 만드는 과정에서 두 가지 이상의 각기 다른 술을 섞어 새로운 술로 완성하는 것이었다. 이를 '혼양주'라 한다. 혼양주 중에서 가장 대표적인 술이 여름이 지나도록 변하지 않는다는 '과하주'다. 청주는 알코올 함량이 낮아 여름에 쉽게 상하는데, 소주는 증류주라 기온과 상관없이 보관하기 어렵지 않다. 이런 이유로 청주와 소주를 섞어 맛 좋고 보관하기에도 용이한 과하주가 탄생했다. 알면 알수록 감탄스러운 조상들의 지혜다.

반주 외에 아버지가 즐겨 드신 음식을 가만히 떠올려보니 생태탕에 얽힌 기억이 많다. 날씨가 쌀쌀한 초겨울이면 아버지는 어김없이 나무 상자에 든 명태를 사 오셨다. 그런 날이면 귀한 낚시태를 어렵게 구했다면서 무척 자랑스러워하셨다. 그물로 한꺼번에 잡아 상처가 나는 망태에 비해 낚시로 한 마리 한 마리 잡는 낚시태는 질이 훨씬 좋고 신선하다. 엄마는 명태의 내장을 손질한 후 꾸덕꾸덕 말리고, 명태알로는 명란젓을 만들었다. 또 김장김치를 담글 때 함께 넣기도 했는데, 이것은 아버지가 가장 좋아하시는 반주 안주였다.

아버지는 대단한 미식가였다. 탕거리로는 명태를 가장 좋아하셨다. 명태의 물이 좋으면 맑은 탕으로, 약간 못하다 싶으면 고춧가루를 넣은 매운탕으로 끓여달라고 주문하셨다. 무와 대파, 마늘만으로 시원하게 맛을 내는 스타일을 좋아하셨는데, 곤이를 골라 드시면서 내게 이 맛있는 걸 왜 안 먹느냐며 안타까워하셨다. 담백한 생선 살에 맛있게 약주를 즐기다 식은 국물을 엄마가 다시 뜨끈하게 데워 오면 밥을 말아 식사를 마무리하셨다. 끼니때마다 아버지는 "오늘도 한 끼 잘 먹었습니다"라며 엄마의 수고에 대한 감사 인사를 잊지 않으셨다.

성인이 되어 취직을 한 후 나는 상사와 선배들에게 이끌려 맛집을 따라다니곤 했는데, 그중에 삼각지의 유명한 생태탕집이 있었다. 그때 처음으로 아버지 말고도 생태탕을 좋아하는 사람이 많다는 사실을 알게 되었다. 본래 명태는 명실상부 우리 민족의 '국민 생선'이다. 옛 문헌을 살펴보면 명태로 만드는 요리가 무려 36가지나 등장한다. 이 중 함경도의 대표 지역 음식인 명태순대와 명태회국수, 발효 음식인 명태식해, 종갓집 손님맞이 상에도 올랐다는 명태찌개와 북어보푸라기 같은 음식은 내 기억 속에 선명하지만, 지금은 통 보기 힘들다.

채만식 선생은 〈명태〉라는 수필에서 명태를 예찬했는데, 여기서도 당시 명태 요리를 살짝 엿볼 수 있다. "망치로 두드려 죽죽 찢어서 고추장이나 간장에 찍어, 막걸리 안주로는 덮을 게 없는 것이 명태. 쪼개서 물에 불렸다 달걀을 씌워 제사상에 괴어놓는 건 전라도 풍속. 서울서는 선술집에서 흔히 보는 바 찜이 상(上)가는 명태 요리일 것이다. 잘게 피어서 기름장에 무쳐놓으면 명태자반이요, 굵게 찢어서 달걀 풀고 국 끓이면 술국으로 일미(逸味)다."

명태는 생태, 동태, 북어, 황태, 먹태, 노가리 등 유달리 다양한 이름을 가진 것으로도 유명하다. 그런데 놀랍게도 원래는 이름이 없던 무명어였다. 고려 시대에도 동해안 연안에서 많이 잡혔지만 이름이 없어 기록에 남아 있지 않다. 조선 중기에 들어서야 무태어(無泰魚)라는 이름으로 처음 등장한다. 지금의 명태라는 이름이 유래한 데는 함경북도 명천에서 태 아무개라는 사람이 생선을 잡아 관찰사에게 진상했으나 아무도 그 이름을 알지 못하자 명천에 사는 태 아무개라는 어부가 잡았다고 해서 명태라고 명명했다는 설이 있다. 또 다른 이야기는 함경도 농민 중 영양부족으로 눈이 침침한 사람들이 많았는데 명태 간유를 먹고 어두운 눈이 밝아져 명태라고 했다거나, 함경도에서 명태 간유로 등잔을 밝혀 '밝게 해주는 물고기'라는 뜻으로 그리 불렀다는 말도 있다.

다만 안타깝게도 2010년대에 들어 국내 명태 생산량이 엄청나게 줄어들었다. 오랜 기간 이어진 명태 남획과 기후변화로 인한 수온 상승이 주요 원인이다. 명태는 대표적인 서민 음식으로, 일제강점기까지만 해도 겨울철 명탯값은 김장철 배춧값만큼이나 민감한 지표였다. '노가리 깐다'라는 말이 명태가 한 번에 많은 새끼를 낳는 것에 빗대어 생긴 말이라고 할 정도로 한때 지천이었다는 것을 생각하면 씁쓸함을 금할 수 없다.

아버지는 중환자실에 입원한 지 채 하루가 지나지 않아 세상을 떠나셨다. 장례를 치르면서 아버지가 수의 대신 새 양복을 맞추고 영정 사진을 찍어두셨다는 걸 알았다. 평소 깔끔한 성품 그대로 누구의 손도 많이 빌리지 않고 당신답게 떠나셨다.

'아빠, 저녁에 술 한잔 같이 하실래요?'

그 말이 그리 어려웠을까…. 추석 저녁상에서 나온 술잔을 치우며 반주를 즐기시던 아버지가 더욱 그리워졌다. 그 수많은 저녁 어느 하루 아버지와 기분 좋게 술 한잔 같이해드릴 걸 그랬다. 결혼하고 이렇게 많은 손님상을 차릴 줄 알았다면 아버지 술상 한 번 정성스럽게 봐드릴 걸 그랬다. 어떤 말로도 후회와 그리움을 온전히 담지 못한다. 아버지를 생각하면 가슴 한구석이 뚫리는 것만 같다. 세상의 모든 소중한 것은 때를 기다려주지 않는다.

화해의 음식,

김치밥

부부 싸움을 하고 나면 나는 밥을 하지 않는 것으로 그는 밥을 먹지 않는 것으로, 서로에게 품은 부정적인 감정을 표출한다. 이런 사태가 하루 안에 끝나기도 하고 며칠씩 이어지다 한 달을 넘기기도 한다. 둘 다 고집이 어지간히 센 탓이다. 끈기가 남편만 못한 내가 제 풀에 수그러지면 그가 좋아하는 요리를 해 밥상을 차리는 것으로 전쟁이 종결된다. 이번 종전의 매개체는 오징어찌개다.

나는 마트에 물 좋은 생물 오징어가 보이면 꼭 사서 찌개를 끓인다. 오징어찌개는 인삼보다 낫다는 겨울 무가 나오는 추운 계절에 제격이다. 해물 육수 팩과 다시마, 납작하게 썬 무를 넣고 먼저 국물을 낸다. 그사이에 양념장을 만든다. 고추장과 고 춧가루, 다진 마늘을 넉넉히 넣고 조선간장으로 간을 맞춘다. 좋은 조선간장이 있으면 다른 조미료가 필요 없지만, 그렇지 못 할 때는 간장과 함께 참치 액젓을 넣는다. 참치 액젓은 감칠맛 때문에 쓰는데 꽂게 액젓이 더 좋다는 말을 어디서 들은 후로는 바꿔볼까 생각 중이다. 그리고 여기에 다진 생강을 조금 더한다. 생강은 오징어의 비릿한 맛과 냄새를 없애고 색다른 맛을 내지 만, 곱게 다지지 않거나 양이 많으면 오히려 역효과가 나기 때문 에 편으로 썰어 넣었다가 맛이 살짝 우러나면 꺼내는 것도 좋은 방법이다. 국물 맛이 충분히 우러나면 여기에 껍질을 벗겨 썰어 놓은 오징어와 양파, 당근을 넣고 한소끔 더 끓인다. 마지막에 애호박과 청양고추, 대파를 넣어 이 재료들이 더욱 선명한 초록 색을 띨 때까지 끓인다. 사실 모든 찌개가 그렇지만 오징어찌개 는 끓일수록 맛이 더 좋아진다.

김밥도 종종 화해의 도구가 되어준다. 시어머니가 김밥을 자 주 만드셨는데 솜씨가 특별하셨다. 달걀지단을 듬뿍 넣는 것이 가장 큰 특징이고, 달걀지단을 부칠 때도 참기름과 맛간장으로 밑간을 하셨다. 밥은 일식 스타일로 단촛물로 맛을 내셨는데, 아마도 그 새콤달콤한 단촛물의 비율이 시댁 김밥의 비법이 아니었나 싶다. 나는 이런 특별한 맛도 좋지만 아무래도 고슬고슬한 밥에 고소한 참기름을 넉넉히 넣어 짭조름하게 양념한 '명화당' 스타일을 더 선호한다. 나는 김밥을 만들 때 햄이나 볶은 고기 대신 불고기 양념을 해 구운 소고기산적을 넣는다. 급하게 때우는 점심이 아니면 우리 부부는 둘 다 시중에서 파는 김밥을 사 먹지 않는다. 나이가 들수록 내 손으로 한 음식이 입에 가장 잘 맞는다.

시어머니의 김밥을 떠올리면 우리나라 김밥이 일본에서 들어온 김초밥이 변형된 것인가 하는 생각도 든다. 그러나 사실 일본의 김초밥과 우리의 김밥은 속 재료에 차이가 있고, 가장 크게는 '밥'이 다르다.

우리는 김을 삼국시대부터 먹었다. '해의'라는 어여쁜 이름이 김의 또 다른 명칭이다. 일본의 김초밥은 샌드위치처럼 노름꾼들의 필요에 의해 만들어졌다는 이야기가 전해진다. 밥을 김으로 감쌌기 때문에 손에 붙지 않아 먹으면서 계속 노름을 할 수 있었다는 것이다. 이 속설의 진위는 알 수 없으나 나는 김초밥과 김밥이 가장 건강한 패스트푸드임에 틀림없다고 생각한다. 비빔밥을 한국의 패스트푸드라고 주장하는 사람도 있지만 비빔밥은 패스트푸드의 중요한 속성 중 하나인 '취식의 편의성'이 김밥에 비해 상당히 떨어진다. 최근 -45℃에서 급속 냉동한 김밥이 등장해 미국과 한국에서 품절 대란을 일으키고 있다고 한다. 특히 미국에서는 비건 소비자들에게 인기가 많다는데, 햄버거 같은 서양의 패스트푸드보다 김밥이 비건 스타일로 만들기에 안성맞춤이다.

김치밥은 시댁의 음식으로 나의 치트 키다. 시부모님이 이북이 고향인 분들이라 막연히 이북 음식이려니 했는데 실제로 황해도 지방에서 전해졌다고 한다. 우선 포기김치의 속을 훑어 털어내고 먹기 좋은 크기로 썬다. 돼지고기 목살이나 통삼겹살을 두툼하게 썰어 먼저 볶다가 썰어놓은 김치를 넣고 같이 볶는다. 여기에 불린 멥쌀과 물을 넣고 밥을 짓는다. 목살을 넣으면 담백한 맛이 좋고 삼겹살을 넣으면 또 기름진 맛이 좋다. 김치밥은 압력밥솥보다 무쇠솥이나 바닥이 두꺼운 냄비에 하는 편이 맛이 더 좋다. 밥이 지어지는 동안 진간장에 참기름을 넉넉히 넣고 파, 마늘, 참깨를 뻑뻑할 정도로 넣어 양념장을 만들고 곱창김을 굽는다. 남편은 김이 모락모락 나는 김치밥을 구운 김에 싸서 양념장을 얹어 먹는 것을 무척 좋아한다. 시어머니의 솜씨에는 못 미친다고 타박하면서도 한 그릇을 뚝딱 비워낸다.

요사이 김치밥처럼 불린 쌀과 다양한 재료를 한데 넣어 솥에 밥을 짓는 솥밥이 인기다. 화려한 고명 때문에 근사해 보여 인플루언서들이 SNS에 자주 노출하는 것도 그 원인 중 하나지만, 무엇보다 별다른 반찬 없이 한 그릇으로 간편하게 영양가 있는 특별한 상을 차릴 수 있어 요긴하다. 이 인기에는 제철 음식이나 선호하는 식재료를 활용해서 다양하게 변화를 줄 수 있다는 것이 한몫한다. 근본적으로는 갓 지은 밥에 대한 끊기 힘든 한국인의 원초적 정서도 깔려 있으리라 생각한다.

솥밥은 한국과 중국, 일본 세 나라 모두 공통으로 즐기는 음식이다. 그러나 솥밥을 짓는 방법은 나라마다 언어만큼이나 다르다. 우선 우리는 진정 쌀 맛으로 승부한다. 물론 곤드레(곤달비), 무, 버섯 같은 채소나 전복, 굴 같은 해물을 부재료로 다양하게 활용하지만, 밥물은 맹물을 부어 담백한 맛을 강조한다. 그래서 먹을 때 양념장을 곁들인다. 이와 대조적으로 중국식 솥밥은 담백한 쌀 맛을 기대하기 어렵다. 쌀의 수분이 적어 진한 닭 육수를 붓고 굴소스같이 강한 소스로 양념한 육류를 올려 밥을 짓는다. 그리고 일본식 솥밥은 가쓰오부시(가다랑어포), 채소, 버섯 등 다양한 재료로 낸 육수를 쓰는 것이 가장 큰 특징이다. 육수에 간이 되어 있기 때문에 양념장 없이 먹는다.

우리 집에서는 김치밥 대신에 명란을 좋아하는 남편의 식성에 맞춰 명란솥밥을, 초당옥수수가 나오는 철에는 옥수수솥밥을 지어 버터를 한 조각 올려 양념장에 비벼 먹기도 한다. 일본식 솥밥 이야기가 나오니 대학 때부터 즐겨 가던 인사동 초입의 솥밥집 '조금(鳥金)'이 생각난다. 새우, 조개관자, 굴, 양송이버섯, 대추, 은행, 죽순, 우엉, 여기에 게맛살까지 갖가지 재료가 정갈하게 올라 있어 솥밥 한 그릇으로 어마어마한 호사를 누리는 느낌을 받을 수 있다. 인사동에 갈 때마다 꼭 들르던 이곳을 언젠가 딸과 함께 가보리라 다짐하며 위시 리스트에 올려둔다.

좋아하는 음식으로 밥상을 차려놓으면 말수가 적은 남편이 조용히 식탁에 앉아 "맛있겠네"라고 화답하는 것으로 내가 보내는 화해의 신호를 받아들인다. 모처럼 풍성한 식탁에 마주 앉아 아무렇지 않은 듯 대화를 이어가고, 아무렇지 않은 듯 상처를 덮는다.

영화 〈바베트의 만찬〉에서 바베트라는 여자는 복권 당첨금을 모두 털어 마을 사람들에게 성찬을 차려 대접하며 고마움을 전한다. 드라마 〈사랑의 이해〉의 여주인공 수영은 통영 출신이지만 가족이 싫어 고향을 떠나와 굴국밥은 먹지 않는다. 그리고 호감을 표시하기 위해 굴국밥을 선택한 남자 주인공 상수에게 이를 먹지 않음으로써 거절의 의사를 전한다. 영화 〈프렌치 수프〉의 여성 셰프 외제니는 음식을 조리하는 과정을 식재료와 나누는 대화라고 여긴다. 식사를 같이 하자는 손님들의 권유에

"저는 여러분이 드시는 음식을 통해 대화하니까요"라며 자신이 하고 싶은 이야기를 이미 음식을 통해 전했다는 뜻을 밝힌다.

음식은 마음을 정직하게 전하는 훌륭한 매개체다. 남편은 다정한 말을 건네거나 화려한 이벤트로 마음을 표현하지는 못하지만, 어디를 가나 내가 좋아하는 음식을 주문해 앞에 놓아준다. 나뿐만 아니라 그에게도 음식은 마음을 전하는 수단이다.

빈대떡의
추억

빈대떡은 내가 사랑하는 모든 사람의 공통적인 최애 음식이다. 그러나 그들이 빈대떡에 애정을 갖게 된 사연이나 빈대떡에 얽힌 서사는 저마다 다르다.

"당신은 빈대떡이 왜 좋아?"

"엄마가 생각나."

예순이 넘은 남편은 아직도 아이처럼 빈대떡을 먹으며 어머니를 생각한다. 시어머니는 사람들이 감탄할 정도로 빈대떡 부치는 솜씨가 뛰어났다. 이보다 맛있고 정성이 담긴 빈대떡을 여태껏 어디에서도 보지 못했다. 시어머니가 빈대떡을 만드는 모습을 지켜보노라면 정성을 다한다는 게 이런 거구나 하고 깨달게 된다. 무엇보다 시어머니는 거피한 녹두를 쓰지 않으셨다. 커다란 빨간 고무 함지박에 녹두를 반쯤 채워 반나절 정도 물에 불린다. 이후 불린 녹두 껍질을 일일이 벗겨 집 근처 방앗간에서 맷돌에 갈아 오신다. 비결은 여기에 있다. 제아무리 성능이 좋아도 믹서에 간 녹두는 입안에서 껄끄럽다. 그렇다고 너무 곱게 갈면 곤죽이 되어 식감이 떨어진다. 믹서는 칼날을 이용해 음식물을 잘게 분쇄하는 반면 맷돌은 두 개의 돌 사이에서 음식물을 짓이기기 때문에, 맷돌로 갈아 만든 음식을 먹을 때면 기분 좋게 부드러운 식감에 맛이 배가된다.

시어머니의 빈대떡에서 가장 중요한 덕목은 '적당히'다. 적당히 간 녹두, 적당한 두께로 썬 삼겹살, 적당히 데쳐 사각거리는 도라지, 숙주, 고사리 그리고 양념을 적당히 털어낸 어머니의 이북식 배추김치까지…. 이들을 적당히 반죽해 적당한 크기로 부쳐내는 것이다.

재료 준비가 끝나면 시어머니는 전기 프라이팬 세 개를 꺼내신다. 여기에 두꺼운 돼지비계로 돼지기름을 충분히 낸 다음 기름을 넉넉히 두르고 본격적으로 빈대떡을 부치기 시작한다. 기름이 적으면 빈대떡의 맛이 덜하다. 프라이팬에 기름이 자작하게 찰랑거릴 정도여야 하고 충분히 달궈져야 느끼하지 않고 부드러운 빈대떡을 만들 수 있다. 그리고 무엇보다 빈대떡은 부치

자마자 바로 먹어야 가장 맛있다. 시어머니는 이렇게 부친 빈대떡을 냉동고에 넣어 얼린 후 김장 비닐에 차곡차곡 담아두었다가 오시는 손님마다 인심 좋게 나누어주셨다. 우리 집 냉동실에도 떨어지는 일 없이 그득히 쟁여놓게 잔뜩 주셨는데, 한밤중에 남편이 함께 술을 마시던 친구들을 대동하고 집에 불시에 들이닥쳐도 큰 걱정이 없었던 이유는 시어머니의 빈대떡 덕분이었다.

"너희 집 빈대떡의 비법은 뭐야?"

"고명이 많아!"

절친한 친구에게 물어봤더니 자기 집 빈대떡의 비법은 고명이라고 했다. 언젠가 친구의 SNS에서 본 빈대떡 사진이 어렴풋하게 기억난다. 다진 고기와 고사리, 숙주 등을 푸짐하게 올려 퍽 먹음직스러웠다. 그 반면에 우리 친정의 빈대떡은 상대적으로 고명이 적었다. 친정에서는 명절마다 전을 10여 종이나 부치기 때문에 사실 녹두전은 구색을 맞추는 차원이었다. 그나마 순전히 엄마가 먹고 싶어 부치는 수준이라 해도 과언이 아니다. 엄마는 이상하리만치 밥을 좋아하지 않았는데, 녹두전은 한 장이면 밥을 대신할 수 있다며 즐겨 드셨다. 그러다 보니 엄마의 빈대떡은 다채로운 고명보다 녹두의 순수한 맛이 월등히 두드러졌다. 내 입맛엔 밍밍한 녹두 맛에 느끼한 기름 맛이 앞서는 음식이었다. 나는 시댁의 빈대떡을 먹어보기 전까지 빈대떡이 맛있다는 생각을 해본 적이 없었다.

빈대떡은 녹두부침개, 녹두전, 녹두전병, 녹두지짐이 등 다양한 이름으로 불린다. 빈대떡의 기본적인 정의는 불린 녹두를 갈아 나물이나 돼지고기 등의 재료를 넣어 만드는 전의 일종이다. 빈대떡은 만드는 방법만큼 어원과 유래가 다양하고 재미있다.

우리 문헌에 빈대떡이 처음 언급된 것은 1517년으로, 중국어 학습서를 한글로 풀이한 《박통사언해》에서 빈대떡 어원이 중국의 밀가루 전병인 '빙쟈 병(餠)'에서 왔다는 해석을 남겼다. 한편으로, 다양한 재료를 푸짐하게 넣어 궁중에서도 먹던 '손님을 접대하는[賓對]' 요리였다는 설도 있다. 실제로 해방 후 한참 동안 종로 일대의 빈대떡집 벽에서 '賓對(빈대) 떡'이라는 차림표를 심심찮게 볼 수 있었다고 한다.

한편, 빈대떡이 양반의 제사상에 고기 요리를 높이 괼 때 밑받침으로 쓰던 고배 음식으로 제사가 끝나면 가난한 이들에게 나눠주던 적선의 음식이라는 풍습에 기반해 '빈자(貧者) 떡'이라 했다는 유래도 전해진다. 흥미롭게도 조선 시대에 춘궁기나 흉년이 들어 굶주리는 백성이 많을 때면 세도가에서 음식을 수레에 싣고 와 성 밖의 가난한 이들에게 예컨대 "북촌 ○○집의 적선이요." 하며 던져주었는데, 이때 준 것이 바로 빈대떡이었다. 다른 하나는 덕수궁 뒤쪽, 오늘날 정동이 가난한 사람들이 모여 살아 빈대가 많은 탓에 빈댓골이라 불렸는데, 이곳에 빈대떡 장수가 많아 빈대떡이라 했다는 것이다. 다만 조선 최초의 한글 요리서 《음식디미방》에 수록되어 있는 빈대떡은 오늘날과 달리 이름 그대로 떡에 가까운 형태다.

"녹두를 뉘 없이 거피하여 되직하게 갈아 번철에 기름을 부어 끓으면 조금씩 떠 놓아 거피한 팥에 꿀을 발라서 소로 넣고, 그 위에 녹두 간 것을 덮어 유잣빛같이 되게 지진다."

조선에 둘도 없는 새로운 음식을 만드는 방법을 알려준다는 취지로 1924년에 간행한 조리서 《조선무쌍신식요리제법》에 빈대떡을 만들 때 주의할 점이 아주 상세하게 소개돼 있다. 우선 녹두는 갈아서 시간이 오래 지나면 삭으므로 바로 부치는 것이 좋고, 또한 녹두 반죽이 놋그릇에 닿으면 삭으니 나무 바가지나 질그릇에 담으며, 번철에서 부칠 때도 작은 쪽박을 사용해 펴라고 했다. 그 외 눈에 띄는 내용은 파, 배추 흰 줄거리, 소고기, 닭고기, 해삼, 전복, 실고추, 대추채 등 오늘날보다 고명을 훨씬 다채롭게 올렸다는 것이다.

빈대떡은 대체로 서민의 음식이라는 인식이 강하지만, 제사상이나 잔칫상, 요릿집 술상에 오르는 고급 음식으로도 사랑받았다. 또한 일제강점기를 지나 1950년대까지는 대표적인 길거리 음식으로 지금보다 흔하게 접할 수 있었다. 식구들의 생계를 책임져야 하는 어려운 형편에 놓인 아낙들이 길거리에서 만들던 빈대떡은 녹두를 주재료로 쓰기는 했지만, 돼지고기를 비롯해 각종 재료가 풍성하게 들어가는 고급 빈대떡은 아니었을 것이다. 요사이 외국인들 사이에서도 유명한 광장시장의 빈대떡 골목은 이런 길거리 빈대떡 노점에서 출발했다.

사랑하는 이들이 즐기는 음식이라 그런지, 아니면 내가 나이가 든 때문인지 어느새 나도 빈대떡이 좋아졌다. 시어머니가 몇 해 전 미국으로 가셔서 더 이상 시댁의 빈대떡을 맛볼 수 없게 되었다. 우리 집도 빈대떡을 사 먹기 시작했다. 평생 이북식 빈대떡을 먹어온 남편의 입맛에 그나마 시어머니의 빈대떡에 필적한다 싶은 맛을 내는 곳이 광장시장의 '순희네 빈대떡'이다. 이곳 빈대떡의 큰 미덕으로 나는 가성비와 단순함을 꼽는다. 얼마 전까지 한 장에 5,000원이었는데 최근에는 가보지 못해 모르겠다. 그러나 사장님의 성정으로 미루어 그리 많이 올리지는 않으셨을 듯싶다. 이 집 빈대떡에는 녹두 외에 다른 곡물 재료는 일절 들어가지 않는다. 집에서 빈대떡을 만드는 방식 그대로 녹두를 직접 불려 껍질을 까고, 손수 담근 김치와 몇십 년 단골 공장에서 생산하는 옥수수기름만으로 만든다. 5,000원짜리 빈대떡 한 장에 들이는 사장님의 진심과 수고, 올곧은 고집을 생각하면 보내주신 빈대떡을 먹을 때마다 마음이 울컥한다.

　사장님과는 내가 전문가 패널로 출연한 한 TV 프로그램에서 처음 인연을 맺었다. 50분 남짓한 프로그램을 위해 본인 가게에서 사용하는 전기 맷돌을 떼어 와 스튜디오에 설치하던 사장님의 열정과 진정성에 적잖이 감동했다. 생계를 위해 사촌 언니가 운영하던 가게를 물려받아 이런저런 시행착오 끝에 지금의 맛을 완성해 이룬 성공담이 그저 운이 좋아 일어난 일이 아님을 엿볼 수 있었다.

　사랑하는 사람들의 음식 이야기를 하다 보니 문득 내가 좋아하는 음식은 무엇인가 생각해보게 된다. 언제부터인가 좋아하는 음식을 묻는 질문에 쉽게 대답이 나오지 않는다. 좋아하는 음식의 정의가 무엇일까? 배고플 때 가장 생각나는 음식인지, 아니면 외식할 때 제일 먼저 떠올리는 음식인지 막연하다.

　가장 좋아하는 사람이 누구인지 묻는 질문에도 마찬가지다. 공기처럼 늘 곁에 있어 존재감을 잊고 살다 막상 없으면 허전한 누구일까? 아니면 지금 이 순간에 온몸의 솜털이 곤두설 정도로 애틋하게 그리운 누구일까? 확실한 것은, 아무리 좋아하는 것이라도 경험이 반복되면 필연적으로 식상해지기 마련이라는 사실이다. 이 식상함을 상쇄하는 것이 바로 서사다. 음식이든 사람이든 대상과 나 사이에만 존재하는 애틋한 서사로 인해 서로의 인생에 대체 불가한 그 무엇이 된다.

이 맛은
내 맛이 아니야!

"맛있게 먹었어?"

"음… 맛은 있는데…, 내 맛은 아니야!"

친구 집에서 밥을 먹고 온 딸과 대화 중에 이런 이야기가 오 갔다. 딸은 맛이 있어도 더 이상 먹고 싶지 않은 음식을 두고 "이건 내 맛이 아니야!"라고 분명하게 표현한다. 우리 딸의 '맛' 이란 과연 무엇일까?

딸은 경이로울 정도로 남편과 나의 식성을 절묘하게 반반씩 닮았다. 아기 때부터 시댁의 소울 푸드(soul food)인 평양냉면을 좋아하고, 명절이면 내가 만드는 갈비찜을 찾는다. 나도 어린 시 절 명절 음식 중에 갈비찜을 가장 좋아했다. 할머니에게서 엄마에게 전해진 갈비찜 비법은 물을 많이 잡아 오랜 시간 끓이는 조림에 가깝다. 다른 집에서 갈비찜을 먹어본 적이 없어 비교하기 어렵지만, 시댁이나 식당에서 만드는 국물이 자작한 찜과는 사뭇 달라 웬만해선 밖에서 갈비찜을 사 먹지 않는다.

내 요리 솜씨가 그리 출중하지 못함에도 딸이 엄마의 미역국이, 김밥이, 불고기가, 잡채가 가장 맛있다고 하는 것은 필시 나에 대한 사랑의 표현일 것이다. 그리고 딸의 입맛에 내가 만든 음식이 가장 잘 맞기 때문일 것이다.

딸이 말하는 '내 맛'의 의미는 맛의 균형점, 즉 '간'을 뜻하는 것이라 생각한다. 그리고 간의 기준은 나에게서 비롯된, 유전의 영향력 안에 있을 터다. 국어사전에서 정의하는 간은 음식의 짠 정도지만, 사실 일상생활에서 간은 좀 더 포괄적으로 통용된다. 인간이 느끼는 다섯 가지 맛이 어우러지는 균형점을 일반적으로 총칭해 사용하는 듯하다. 그런데 흥미롭게도 이 간에 사람마다 오랜 시간 경험으로 체화한 고유성이 있다. 절댓값이 있다기보다 마치 DNA에 새겨진 유전정보처럼, 각 가정의 식문화에서 형성된 고윳값이 부모 세대에서 자식 세대로 이어져 내려오는 것이다. 이것은 '맛이 있다, 없다'라는 차원으로 설명하기 어려운 개념이다. 특히 한식의 맛은 간이 전부라고 할 수 있다. 유명 호텔의 한식 조리장이던 한 셰프님에게 본인의 입사 면접 경험담을 들은 적이 있다. 음식에서 가장 중요한 것이 무엇이냐는 면접관의 질문에 '간'이라고 대답했고, 당당히 합격하셨단다.

그날 딸아이가 친구 집에서 먹은 음식은 미역국과 불고기였다. 미역국과 불고기 모두 우리 집에서 먹던 것과 달리 빛깔이 연했던 모양이다. 그림에 소질이 있는 딸의 눈에 음식의 맛보다 색이 먼저 눈에 들어왔을 것이다. 사실 맛의 절반 이상은 뇌가 만들어낸다. 맛의 메커니즘을 과학적 논거를 들어 명쾌하게 설명한 최낙언의 《맛의 원리》에 따르면, 인간은 시각으로 예측한 맛을 미각과 후각으로 확인한다고 한다. 딸은 음식을 먹기 전부터 자기가 먹던 맛과 다르다는 것을 시각적으로 감지하고 머리로 예상했을 것이다.

아이에게 처음 이유식을 먹일 때부터 나는 맛 감수성 측면에 신경을 많이 썼다. 미각을 발달시키기 위해 이유식 재료를 혼합하지 않고 한 가지씩 따로 만들어 먹여보기도 했다. 아이가 큰 뒤에 네가 아직 이 맛을 모른다며 일방적으로 맛을 가르치는 꼰대가 되고 싶지 않았다. 그리고 최대한 딸의 미각 취향을 존중하며 식도락 모험에 동참하려 노력했다. 그 덕분인지 딸은 맛뿐만 아니라 매사에 취향이 아주 분명한 소녀가 되었다. 그러고 보면 인간의 기질은 어린 시절의 식습관에서부터 형성되는 것이 아닌가 하는 생각이 들기도 한다.

딸은 취향이 분명할 뿐만 아니라, 같은 음식을 하루에 두 번은 먹지 않는 까다로운 식성도 가졌다. 나는 똑같은 음식을 반복해 먹어도 아무렇지 않은데, 남편은 매끼 다른 음식을 먹어야하는 걸 생각하면 이런 면은 남편을 닮았다. 하루 삼시 세끼 다른 음식으로 밥상을 차리는 일이 잦지는 않지만, 그런 날엔 참신한 기획력과 창의력이 필요하다. 지루하지 않게 재료의 중복을 피하면서도 남은 재료를 활용하려면 아이디어가 샘솟아야한다. 그리 녹록한 일이 아니다.

게다가 전업주부가 아니라 밖에서 일하는 워킹 맘이다 보니집밥을 손이 많이 가고 화려하게 만들기가 쉽지 않다. 일도 하고 아이도 돌봐야 하는 터라 음식을 만드는 데 많은 시간을 쓸여유가 없다. 그래서 집밥이 간소해진다. 남편이 먹는 한 끼에전심전력을 쏟으며 갖가지 음식으로 메뉴를 짜고, 언제 다시 쓸지 모를 향신료와 식재료를 구입하던 신혼 초와 점점 달라진다.그리고 음식 취향도 적잖이 변했다. 젊은 시절엔 이국적 향신료로 강한 맛을 내는 도발적인 요리를 즐겼지만, 요즘은 최소한의재료만으로 단순한 맛을 추구한다. 점점 단순하고 기교가 없는상태로 옮겨 가는 것 같다.

무엇을 먹든, 어떻게 만들든 일상의 밥상은 건강에 이롭고

심신 안정에 좋은 음식이어야 한다. 아무리 내로라하는 맛집에서 외식을 해도 어쩔 수 없이 헛헛증이 남는다. 이를 치유하고 채워줄 수 있는 것은 오로지 집밥이다. 직업상의 이유로 혹은 순수한 호기심으로 유명 맛집을 찾아다니는 것이 중요한 일이지만, 그럼에도 내 손으로 한 집밥이 점점 더 좋아진다. 아무래도 내 입에 가장 잘 맞기 때문인 듯하다. 앞으로도 제철 식재료로 음식을 만들어 먹고 조리하는 즐거움을 소중히 여기는 사람으로 남고 싶다.

내게 요리 학교 졸업장이 보람된 순간을 꼽으라면 딸이 먹고 싶다는 음식을 뚝딱 만들어 짠 하고 내놓을 때를 첫손에 꼽겠다. 비록 셰프는 되지 못했지만 한 번도 만들어본 적 없는 음식도 레시피를 빠르게 이해해 그 과정과 결과물을 머릿속에 그려내는 기술을 요리 학교 과정을 통해 터득할 수 있었다.

내 음식이 최고라며 찬사를 아끼지 않는 딸을 위해 오늘도 나는 퇴근길에 마트에 들러 종종걸음으로 장을 본다. 입안에 가득한 음식을 오물거리며 엄지손가락을 치켜올리고 눈웃음을 쳐줄 딸을 생각하면 입꼬리가 살며시 올라간다. 훗날 아이에게 나와 함께한 기억이 많기를 바란다. 특히나 풍성한 음식의 추억과 더불어 나를 기억했으면 한다. 그리고 미래에 딸 또한 자신의 가

족에게 음식을 통해 마음과 사랑을 나눌 줄 아는 아내, 엄마가
되길 기대한다.

소울메이트와

소울 푸드

며칠 전, 오랜만에 만난 친구와 술잔을 기울였다. 친구와 소주잔을 앞에 두고 함께한 세월의 편린을 맞추는 시간은 언제나 애잔하다. 소주 한 잔으로 한순간에 수십 년 세월의 간극을 뛰어넘는다. 이렇게 음식은 추억을 통해 과거와 현재를 이어준다.

'아' 하면 '어' 하고, 개떡같이 말해도 찰떡같이 알아듣고, 폐부가 적나라하게 드러나는 지질한 실수를 해도 등을 돌리지 않을 것 같은 사람이 있다. 그런 사람과는 한배에서 난 형제와 피를 나누듯, 서로의 영혼을 나눈다. 누군가 인생의 가장 큰 행운은 절망과 좌절을 털어놓을 수 있는 친구를 갖는 것이라고 했다. 바로 그런 사람을 두고 '소울메이트'라 한다.

음식에도 소울메이트 같은 '소울 푸드'가 있다. 원래 소울 푸드는 서아프리카에서 미국으로 이주해 노예로 살아온 아프리카계 미국인의 음식을 가리키는 용어다. 그들은 고통으로 점철된 참담한 삶 속에서 고향 음식을 만들어 서로 나누고 위로했다. 그리고 과거 조상과 현재 자신, 나아가 미래 후손의 영혼이 음식으로 이어져 있다고 믿었다. 음식은 그들에게 단순한 물질적 개념이 아니라 과거와 미래를 관통해 영혼의 뿌리를 연결하는 매개체였다.

그러나 오늘날 소울 푸드의 의미는 조금 더 현실에 기반한다. 일상에서 부딪히는 크고 작은 고난과 시련에 지친 마음을 달래주고, 추억을 담은 음식을 우리는 소울 푸드로 삼는다. 그런 까닭인지 누구도 소울 푸드를 말할 때 값비싼 고급 음식을 소환하지 않는다. 소울 푸드는 미식의 영역이기보다는 치유식의 영역에 깊숙이 자리한다.

필시 누구에게나 저만의 소울 푸드가 있을 것이다. 내게는 '소주'다. 소주가 음식이냐 묻는다면 우리 민족은 예로부터 마시고 먹는 것을 구분하지 않고 하나로 보았다고 답하겠다. 음식의 '음(飮)'은 마시는 것이고 '식(食)'은 씹어 먹는 것이니, 마시는 것과 먹는 것을 동일 선상에 놓았다. 그 반면에 같은 한자 문화권에 속함에도 일본에서는 음식이라는 말을 쓰지 않는다. 그들은 마시는 것과 먹는 것을 구분한다. 영어의 '푸드(food)'에도 음료 개념은 포함되지 않는다.

팍팍한 일상에서 자잘하게 긁힌 마음을 달래며 현실을 잊고 싶을 때나, 한때의 진한 추억을 공유하는 자리에는 반드시 소주 한잔이 있어야 한다. 선입견인지 몰라도 그런 자리에 와인을 두는 건 어쩐지 가식과 허세가 드리운 듯해 불편하다.

술은 음식처럼 먹지 않아도 허기지거나 생명을 잃는 일 따위는 없다. 그러나 잠깐의 취기에 기대 번잡한 일상에서 벗어나 함께하는 연대감을 강화하기에 이보다 좋은 음식이 없다. 시인이자 작사가인 김안서는 1936년 6년 1일 자 잡지 《삼천리》에 실린 '애주기'라는 수필을 통해 "술이 있어서 우리의 딱딱한 맘이 보드라워도 지고 명랑도 하여지고 즐거워도 지는 것이외다"라며 술 예찬론을 펼치기도 했다.

특히 우리 민족에게는 고대국가 시기부터 술을 즐기는 특별한 DNA가 있었다. 《삼국지》의 위지동이전에는 부여와 고구려의 제천 행사에서 밤새 음주가무를 행했다는 기록이 나온다. 경주의 포석정 터 또한 신라인들이 시와 함께 음주를 즐긴 풍류를 엿볼 수 있는 유적이다. 조선에서 파견한 통신사를 접대하기 위해 일본이 기록한 조선인이 좋아하는 음식 목록을 보면 술은 종류를 가리지 않고 모두 좋아한다는 내용이 있다. 예로부터 국제적으로 애주가로서 인정받은 것이다.

우리의 중요한 세시 풍속과 관혼상제에는 술이 빠지지 않고 등장한다. 설날 아침 차례를 지내고 도소주를 마셔 나쁜 운을 물리쳤고, 정월대보름에는 한 해 동안 희소식만 듣기를 희망하며 이명주, 즉 귀밝이술을 마셨다. 고려 시대부터 음력 9월 9일 중양절에는 무병장수를 빌며 국화주를 마셨다. 또한 혼례 때에는 신랑과 신부가 합환주를 마심으로써 두 집안이 하나가 되기를 기원했다. 이렇듯 술은 신과 인간을 연결하고 공동체 구성원 간의 결속력을 다지는, 음식 이상의 의미를 지녔다.

그중에서도 특히 소주는 한국인에게 술이라는 단어와 동일시될 정도로 관계가 깊다. 그러나 소주의 기원은 놀랍게도 아라비아에서 향수를 개발하는 과정에서 만들어진 증류 알코올이다. 13세기에 몽골이 페르시아 지역을 정복하면서 도수 높은 증류주인 아라크(소주)를 전리품으로 가져왔고, 몽골제국의 영토가 확장되면서 널리 퍼졌다. 몽골은 고려를 복속시키고 나서도 이에 만족하지 않고 일본을 공격하기 위해 고려에 군대를 주둔시켰다. 그 시기에 몽골군이 머무른 안동에 소주 만드는 방법이 전래해 '안동 소주'가 탄생했고, 몽골군이 주둔한 또 다른 지역인 평양과 제주도도 같은 이유로 소주가 유명해졌다고 한다.

지금은 소주가 서민들의 술이지만 조선 시대에는 사대부들이 즐겨 마셨다. 소주가 고급술이었던 이유는 많은 양의 쌀을 사용해도 증류 과정을 거치면서 얻는 술의 양이 매우 적기 때문이다. 조선 시대의 소주는 증류식 소주였지만, 우리가 요즘 먹는 소주는 희석식 소주다. 최근 들어 부활하고 있지만, 1965년에 정부가 소주 제조에 곡류 사용을 금지하면서 증류식 소주는 거의 사라졌다. 희석식 소주는 밀, 옥수수, 고구마 같은 비교적 값싼 전분으로 만든 양조주를 증류해 얻은 알코올에 물을 타서 만든다. 이 알코올은 쓰기만 하고 다른 맛이 없어 설탕, 포도당, 구연산, 아미노산, 향신료 등의 첨가물을 가미한다. 단맛을 내는 첨가제의 종류나 양에 따라 브랜드마다 소주 맛이 다르다. 이런 까닭에 미국에서 마시는 소주와 한국에서 마시는 소주의 맛도 차이가 난다. 소주에 들어가는 각종 재료의 '성분과 함량'이 다르기 때문이다. 미국 수출용 제품에는 미국 농무부(USDA)나 식품의약국(FDA) 등 관련 기관이 정해놓은 규정에 따라 특정 성분을 제외하거나 대체한다. 혹은 해당 성분이 들어가더라도 함량을 줄인 경우도 있다.

　1924년에 우리나라에 처음 등장한 희석식 소주의 알코올 함량은 35도였다. 이후 1993년에는 25도로, 1998년에 23도로 낮아지다가 2019년에는 16.9도짜리 소주가 나왔다. 주정의 가격은 상승하는데 정부에서 물가 안정을 위해 소주 가격을 올리지 못하게 하니 알코올 함량을 낮춘 것이다. 그런데 오히려 사람들은 낮은 도수의 소주를 반겼다. 특히 여성의 사회 진출이 늘면서 알코올 함량이 낮은 제품을 선호하는 경향이 나타났다. 2023년에 출시된 '새로'와 '진로이즈백'은 모두 16도다. 여기에 14.9도의 '선양소주'까지 가세했다. 100년 사이에 소주의 도수가 20도나 낮아지고 쓴맛이 덜한 도수 낮은 소주 중심으로 시장이 재편된 것이다.

투명한 술잔을 경쾌하게 부딪으며 빈속에 마시는 차가운 소주의 첫 잔은 온몸의 세포를 타고 퍼지며 짜릿한 전율을 일으킨다. 혀의 감각만이 아니라 목을 타고 넘어가며 세포 속 신경을 하나하나 위로하는 듯하다. 맥주나 와인이 음식을 가리는 반면, 소주는 짜고 매운 우리 음식 모두와 조화로울 뿐 아니라 삶의 희로애락 어느 자리에도 잘 어울린다. 나는 나이 오십이 넘어서야 소주의 참 멋과 맛을 알게 되었다.

소주에 눈뜨기 전 가장 오래 벗이 되어준 내 영혼의 술은 바로 맥주다. 인류 최초의 술은 자연적으로 발효된 과실주이고, 이어서 등장한 술은 가축의 젖으로 만든 유주다. 농경이 시작되면서 비로소 곡식으로 빚은 양조주가 탄생했는데 기원전 4,000

년경에 메소포타미아, 그러니까 지금의 이라크 남부에서 현재 전 세계에서 물과 차에 이어 세 번째로 많이 마시는 음료인 맥주가 등장했다. 그러나 진정한 맥주의 탄생은 맥아(몰트, 당화된 보리)와 물 그리고 효모로만 만들어진 밋밋한 맥주에 홉(hop)이 더해진 시점으로 봐야 한다. 흔히 맥줏집을 호프집이라고 부르는데, 이때 '호프'가 바로 '홉'이다. 홉은 덩굴식물의 꽃 부분으로, 맥주에 향을 더하고 천연 방부제 역할을 한다. 이 홉을 얼마나 그리고 언제 넣는지에 따라 맥주의 향과 맛이 달라진다.

최근에 내가 즐기는 맥주는 IPA(India Pale Ale)다. 이 맥주는 영국에서 만들어 인도로 보내는 동안 먼 바닷길에서 맥주가 상하지 않도록 많은 양의 홉을 넣고 알코올 도수를 높인 것이다. 인도로 보내는 맥주라 해서 이름에 인디아를 붙였는데 맛과 향이 그윽하면서도 강한 펀치가 느껴진다. 우아한 튤립 모양의 잔에 따라 인도식 카레나 페퍼로니피자를 안주 삼아 마시면 매콤한 향신료의 맛과 어우러져 훌륭한 조화를 이룬다.

2010년대 후반부터 북한의 대동강 맥주보다 맛이 없다는 혹평까지 받은 획일화된 대기업의 맥주 맛에 반발하는 목소리가 커지면서, 우리나라에도 수많은 크래프트 비어 양조장이 생겨났다. 이런 소규모 양조장에서 주로 생산하는 맥주의 종류가 바로 에일(ale)이다. 그때까지 시장을 독점한 맥주는 박중훈의 랄

라라 댄스와 함께 등장한 '오비 라거'와 천연 암반수로 만들었다는 '하이트 맥주'로, 모두 라거(lager)였다. 맥주의 양대 산맥인 에일과 라거는 발효균과 발효 온도에 따른 차이로 구분한다. 자가 주조 방식의 맥주가 주로 에일 방식으로 주조되는 배경에는 자본의 논리가 있다. 라거 맥주는 발효 기간이 상대적으로 길고 냉장 저장 탱크가 필요하기 때문에 상당한 자본력이 필요하다. 그 반면에 에일 맥주는 상온에서 발효시켜 발효 기간이 짧고 저장 설비가 필요하지 않아 자본이 부족한 소규모 양조장에서도 쉽게 생산할 수 있다. 상온에서 발효시키는 까닭에 상대적으로 쉽게 다양한 맛을 구현할 수 있다는 점 또한 소규모 양조장들이 에일 생산을 선호하는 이유다. 에일은 풍부한 과일 풍미와 함께 묵직한 쓴맛이 나는 반면에 라거는 쓴맛은 적고 탄산이 강하며 깔끔한 맛이 난다.

인생의 굴곡이라는 것을 상상조차 하지 못한 20대에는 가벼운 청량감이 뿜어져 나오는 황금빛의 라거가 좋았다. 다사다난했던 30~40대를 지나 인생의 쓴맛과 단맛을 알게 되면서 풍미가 강렬하지만 균형 잡힌 에일의 쓴맛이 더 깊이 있게 다가온다.

내게 소울 푸드란 소울메이트와 함께 먹은 모든 음식이고, 내게 소울메이트란 맛난 음식을 기꺼이 나누고 음식으로 서로의 영혼 밑바닥을 어루만질 수 있는 사람이다.

"밥은?"

"뭐 먹었어?"

"뭐 먹을 건데?"

서로의 끼니를 챙기는 일상적인 대화에는 따스한 사랑이 담겨 있다. 애정 어린 관심을 바탕으로 한 친밀한 관계에서만 주고받을 수 있는 지극히 사적인 대화다. 함께 먹은 음식을 하나둘 회상하는 것은 음식을 매개로 서로 공유한 수많은 시간과 정서를 다시금 되새기게 한다. 앞으로 같이 먹고 싶은 음식에 대해 이야기를 나누는 것은 함께할 서로의 미래를 약속하는 일만큼이나 설렌다.

친구의 뒷모습이 저만치 멀어져간다. 함께 먹었던 사람과 순간이 사라져도 음식은 서로에게 기억되며 여전히 살아 있다.

에필로그

epilogue

    요리 방송 PD로 일하던 시절부터 개편 때마다 세상 모든 평범한 어머니들의 비범한 집밥을 기록하는 프로그램을 기획했다. 하지만 특별한 누군가를 필요로 하는 상업 방송의 논리 때문에 그 기획은 취지는 좋다는 평가를 받았지만 늘 편성은 뒤로 밀렸다.

    몇 년 전 한 학기 휴직하고 글을 간간이 쓰기 시작했다. 명사가 아닌 동사의 꿈을 꾸기로 마음먹은 때였다. 무엇이 되느냐가 아니라 어떻게 사느냐가 중요해진 시점에, 내게 글쓰기는 작품을 만드는 예술이라기보다 나답게 제대로 살기 위한 방편이었다. 무엇이 나를 끌어당기고 그렇지 않은지, 내가 하는 생각들은 어디에서 왔고 다시 어디로 흘러가는지…. 글을 쓴다는 것은 이런 차이를 감지하고 구분 짓는 과정이었다.

첫 대상은 바로 음식이었다. 음식을 공부하기로 처음 마음먹은 그때부터 음식은 내 평생의 탐구 주제였고, 여행의 동반자였으며, 사랑하는 이들과 나누는 대화의 화두였다. 음식으로 지금까지 직업인으로 살 수 있었고, 수많은 소중한 인연을 만날 수 있었다.

내 인생의 시절마다 희로애락의 순간에 내 곁에서 크고 작은 의미가 되어주었던 음식들은 그리 거창할 게 없는 소박한 것들이었다. 엄마가, 할머니가, 시어머니가 만들어주셨던 따뜻한 음식과 친구, 연인, 동료들과 함께 먹은 밥 한 끼, 술 한 잔은 내 살과 뼈에 새겨져 세상 풍파와 맞설 수 있는 굳건한 안식처가 되어주었다. 그리고 이제 내가 만든 음식이 딸에게도 그런 의미가 되어주기를 바라는 나이가 되었다. 이러한 추억과 바람을 눌러 담아 글을 써나갔다.

책을 마무리하는 시점까지 독자에게 폐가 되는 글은 아닌지, 읽어주시는 모든 분에게 어떤 면으로든 유용하거나 유의미한 내용이 될 수 있을지 수십 번 자기 검열을 했다. 이 과정에서 자신감이 바닥을 치고, 천장으로 솟으며 널뛰기를 거듭했다. 그럼에도 세상 밖으로 나 자신을 빼꼼히 드러내고 싶은 마음이 숨겨

지지 않았다. 글을 잘 쓰는 것보다 글이 되는 삶을 살았는지가 중요하다는 말을 들은 적이 있다. 내 지난 삶이 글이 될 만한 시간이었을까? 그에 대한 대답은 내 몫이 아니겠지만 내가 기록한 음식과 사람들과 추억들은 글이 될 만한 것들이라고 자부한다.

글을 쓰는 동안 내내 마음이 아팠다. 지난날을 반추하는 것은 그리 즐겁기만 한 일은 아니었다. 물론 사랑스럽고 행복했던 기억도 많았지만, 그 기억들 속에도 슬픔은 잔잔히 배어 있었다. 그렇다. 지난날은 늘 찬란한 동시에 눈물을 머금고 있다. 그런 날들 속에 음식이 있어서 다행이었다. 음식으로 지난 상처를 치유하고 서로를 보듬을 수 있었다.

이 책을 통해 나와 인연이 닿아 식사를 함께 해준 모두에게 감사를 전한다. 먼저 연인을 넘어 은인으로 내 인생 모든 여정에서 곁을 지켜준 남편 이세종 씨에게 고마움을 전하고 싶다. 그리고 이름을 부르는 것만으로도 마음에 온기가 가득 차오르는 나의 딸 이지안에게 내 인생을 통틀어 최고의 의미는 그녀임을 고백한다. 그리고 작년 늦가을에 떨리는 마음으로 건넨 원고를 읽어주시고, 비범할 것 없는 내용에 깊이 공감하고, 솜씨 없는 글의 가능성을 발견해주신 책책 선유정 대표님께 온 마음을 다해 감사드린다. 늘 마음이 불안한 초보 작가를 흔들림 없이 믿으며 다독이고 마음을 다잡게 도와주셨기에 이 책을 무사히 완성할 수 있었다.

오늘은 돌아가신 아버지가 무척 그리운 날이다. 내게 가장 많은 음식 유산을 물려주신 분···. 딸의 책 출간 소식을 이미 알고 계시기를, 그리고 흡족해하시기를 바란다.

2024년 12월 24일
제주도에서, 이범준

토란국 대신 만둣국

초판 1쇄 발행   2025년 1월 23일
지은이   이범준

펴낸곳   책책
펴낸이   선유정
편집인   김윤선

디자인   아트퍼블리케이션 디자인 고흐
교정·교열   최현미

출판 등록   2018년 6월 20일 제2018-000060호
주소   (03041) 서울시 종로구 자하문로1나길 11
전화   010-2052-5619
인스타그램   @chaegchaeg
전자 주소   chaegchaeg@naver.com

ISBN   979-11-91075-20-5